一滴水到海洋

林清玄 作品

作家出版社

图书在版编目（CIP）数据

一滴水到海洋 / 林清玄 著. -- 北京：作家出版社，2018. 11
（2020.3 重印）
（林清玄经典散文）
ISBN 978-7-5212-0199-4

Ⅰ. ①一… Ⅱ. ①林… Ⅲ. ①散文集 - 中国 - 当代
Ⅳ. ①I267

中国版本图书馆CIP数据核字（2018）第198111号

本著作物经厦门墨客知识产权代理有限公司代理，由九歌出版
社有限公司授权，在中国大陆出版、发行中文简体字版本。

一滴水到海洋

作　　者：林清玄
责任编辑：省登宇
装帧设计：粉粉猫
封面绘图：胡　言
责任印制：李卫东　李大庆
出版发行：作家出版社有限公司
社　　址：北京农展馆南里10号　　邮　　编：100125
电话传真：86-10-65067186（发行中心及邮购部）
　　　　　86-10-65004079（总编室）
E-mail:zuojia@zuojia.net.cn
http://www.zuojiachubanshe.com
印　　刷：天津画中画印刷有限公司
成品尺寸：142×210
字　　数：150千
印　　张：5.625
版　　次：2018年11月第1版
印　　次：2020年3月第3次印刷
ISBN 978-7-5212-0199-4
定　　价：39.00元（精）

目 录
CONTENTS

自　序

1

走过一家卖运动器材的店铺，看见墙壁上写着格言似的一行字：

健康的乞丐比生病的国王更幸福。

我不禁感到有趣。如果有一位健康的乞丐走过，他一定会觉得安慰，不过，如果是生病的人，不论贫富，看到这句格言都会难过的吧！

接着，我就想到这句话里语言的吊诡：一是乞丐与国王是不能比较的，可能有很多人宁可做生病的国王，也不愿做健康的乞丐；二是生病的国王可以花很多金钱，或用权势请来最好的医生，生病或有痊愈之日，而健康的乞丐必有老病之时，那时就真的很悲惨了；三是"健康的乞丐"在语意上根本说不通，凡是当了乞丐的，身心很少是健康的，身心健康的人何必去做乞丐呢？

这句话虽然有这么多说不通的地方，但它在象征的寓意上是好的，它告诫人们应该知道世上有许多事物胜过财富、名位、权势，因而在追求时应知所权衡。

或者我们可以延伸这个格言，写出类似的句子：

> 有知识的平常人比无知的富翁更幸福。
>
> 抬头挺胸做人比垂头丧气念佛更幸福。
>
> 在寒冬里愉悦比在春天时苦恼更幸福。
>
> 有爱情的贩夫走卒比没有爱情的达官贵人更幸福。

当然，最好是做健康的国王、有智慧的富翁，能抬头挺胸地念佛……但人间世相，不能双全，难以完美，往往只能取重卸轻，从内在建立绝对的价值，以面对生命的残缺。

天下间的每一滴水，都可以横越山河，进入海洋，但也

可能在烈日的曝晒中蒸发，可能成为云朵在天空飘浮。无论
如何，作为一滴水，就要有自清的立志，并有海洋般广大的
祝愿，因为一滴水虽小，但海洋全是从那里来的。

一滴水虽小，清浊、冷暖却能自知。

2

我去访问一位画家，他一向以"难产"著名，要很长时
间才作出一幅画，他非常郑重地对我说："我作画不像一般的
画家，他们作画好像游戏一样，一天画好几张，我的态度是
很严肃的，因为我觉得我诞生在这个世界是有使命的，我的
存在是为了艺术。"

我去访问另一位画家，他一向以快手著称，有时一天作
好几幅画，他非常轻松地对我说："我作画不像一般的画家，
他们画画好像便秘一样，画不出来就觉得自己的作品严肃，
是呕心沥血之作。我觉得艺术是一种生命的游戏，是为人而
存在的，是为了使人喜悦、使人放松、使人感受心灵之美。
没有人，艺术就毫无价值。"

我又去访问一位艺术家，他说："我想画就画，不为了什

么。艺术就像偶然的散步和工作。"

这个世界上，所有的事似乎都可以有很多完全不同的观点，然而，实践了什么才重要，观点反而是次要的。严肃难产的艺术家如果做出好艺术，那是好的；轻松快速的艺术家如果做出好艺术，也是好的；"不为什么"的艺术家如果做出好艺术，也是好的。

我们时常因为观点的不同，在生命里执着、争辩、相持不下，因而减损了我们实践的力量和向前的志气。

我们在人生的画幅中，有时严肃，有时轻松，有时难产，有时快速，也有的时候完全活在有意与无意之间，但不管背后的动机是什么，落笔时最好有饱满的色彩、明确的构图、有力的线条、理想的风格。

我在乎的不是怎么去画，我在乎的是画出了什么。就像沧浪之水，可以洗脸，也可以洗脚，可以饮用，也可以冲洗污秽，但水只是水，在尽着宇宙一滴的责任。

3

最近，西班牙巴塞罗那正在举行奥林匹克运动会。我住在旗山的乡间，夜里常看日本卫星转播，妈妈看我时常看到半夜，就问我说："那跑跑跳跳的，有什么好看呢？"

是呀，那跑跑跳跳的，只在 0.01 秒和 0.01 分上争胜负，到底有什么意思呢？

可是我常常看得十分感动，因为那些了不起的运动员都表现了伟大的意志力、深刻的禅定力、广大的智慧力。一个杰出的运动员事实上应该是戒、定、慧兼具的。

戒——他们必须长期维持生活的规范，接受严格的训练，牺牲许多个人的享受。

定——他们必须临危不乱，有如泰山崩于前而色不变，只要定力稍有不足，一闪神，多年的苦练就付之一炬。

慧——除了四肢发达之外，智慧也必须发达，杰出的运动员都要有杰出的头脑，否则不能决胜于瞬间。

看到那些杰出的运动员，我不禁感到惭愧。我们时常在口里宣讲着戒、定、慧三学，但有多少人在实际的生活中能有严格的规范？在生命的挑战中能临危不乱？在智慧的判断中能决胜于瞬间？

确实，在人生的历程中如果要迈向更高峰，不论任何行业、任何角色的人都更需要戒、定、慧呀！

另外，像运动场上的世界纪录，年年都有人打破，证明了人的潜能是无限的。肉体的开发都能不断创造佳绩，如果人愿意在精神和性灵上挖掘，不也能走向无限的巅峰吗？

在长远的历史和宇宙中，人小得像一滴水，但一滴水里也有海洋无限的消息。

在 0.01 秒的突破中，我们增加了对人生的信心，并加强了奋斗的勇气。

4

这一册《一滴水到海洋》是我结束了"菩提系列"十书之后的再出发，是以更自由的心来思维生命的路向，也是一个新风格的开始。

从万古的长夜看来，作为一个人短暂的生命，有如在大海浮沉，小得像是一滴水一样，但是一滴水的本质与整个海洋是没有分别的。一个人如果能在这一期的生命中，对清净的本质有所认识，整个海洋的本质就呈显了。

我的文章有如滴水汇集，希望在暑热中带来凉意，就像奥运的马拉松选手，在沿路的供水站，拿起一片柠檬含在口中，以些微的清水倒在头上，然后继续向前奔跑。

　　让我们以清澈之姿，一起向海洋奔流，只要常保一片清澈的心，相信有一天一定能流到清净的大海洋！

林清玄

台北永吉路客寓

黄玫瑰的心

人只要有细腻的心去体会万象万法，

到处都有启发的智慧。

一朵花里，

就能看到宇宙的庄严，

看到美，

以及不屈服的意志。

为了这绝望的爱情，我已经过了很长一段沮丧、疲倦，像行尸走肉一样的日子。

昨夜，采访矿坑灾变回来，因疼惜生命的脆弱与无助，坐在床上不能入睡。清晨，当第一道阳光照入，我决定为那已经奄奄一息的爱情做最后的努力。我想，第一件该做的事是到我常去的花店买一束玫瑰花，要鹅黄色的，因为我的女友最喜欢黄色的玫瑰。

剃好胡子，勉强拍拍自己的胸膛说："振作起来！"

想想昨天在矿坑灾变后那些沉默、哀伤，但坚强的面孔，我出门了。

我往市场的花店走去，想到在一起五年的女朋友，竟为了一个其貌不扬的，既没有情趣又没有才气的人而离开，而我又为这样的女人去买玫瑰花，既心痛又心碎，既生气又悲哀得想流泪。

到了花店，一桶桶美艳的、生气昂扬的花正迎着朝阳开放。我找了半天，才找到放黄玫瑰的桶子，只剩下九朵，每一朵都垂头丧气的。

"真衰！人在倒霉的时候，想买的花都垂头丧气的。"我在心里咒骂。"老板，"我粗声地问，"还有没有黄玫瑰？"

老先生从屋里走出来，和气地说："没有了，只剩下你看见的那几朵啦！"

"这黄玫瑰头都垂下来了，我怎么买？"

"喔，这个容易，你去市场里逛逛，半个小时后回来，我保证给你一束新鲜的、有精神的黄玫瑰。"老板赔着笑，很有信心地说。

"好吧。"我心里虽然不信，但想到说不定他要向别的花店去调，也就转进市场去逛了。

心情沮丧时看见的市场简直是尸横遍野，那些被分解的动物尸体，使我更深刻地感受到这是一个悲苦的世界。小贩的刀俎的声音，使我的心更烦乱。好不容易在市场里熬了半个小时，再转回花店时，老板已把一束元气淋漓的黄玫瑰用紫色的丝带包好了，放在玻璃柜上。

我简直不敢相信自己的眼睛，说："这就是刚刚那一些黄玫瑰吗？"——它们垂头丧气的样子还映在我的眼前！

"是呀！就是刚刚那些黄玫瑰。"老板还是笑嘻嘻地说。

"你是怎么做到的？刚刚明明已经谢了呀！"我听到自己发出惊奇的声音。

花店老板说："这非常简单。刚刚这些玫瑰不是凋谢，只是缺水，我把它们整株泡在水里，才二十分钟，它们全又挺起胸膛了。"

"缺水？你不是把它们插在水桶里吗？怎么可能缺水呢？"

"少年仔，玫瑰花整株都要水呀！泡在水桶里的是它的根茎，它喝水就好像人吃饭一样。人不能光吃饭，人要用脑筋，要有思想、有智慧，才能活得抬头挺胸。玫瑰花的花朵也需要水，在田野里，它们有雨水、露水，但是剪下来后就很少人注意这一点了，很少有人再给花的头浇水。如果它的头垂下来，只要把整株泡在水里，很快就恢复精神了。"

我听了非常感动，怔在当场：呀！原来人要活得抬头挺胸，需要更多的智慧，要常把干枯的头脑泡在冷静的智慧之水里。

当我告辞的时候，老板拍拍我的肩膀说："少年！要振作啊！"

这句话差点使我流泪走回家，原来他早就看清我是一朵即将枯萎的黄玫瑰。

回到家，我放了一缸水，把自己整个人浸在水里，体会着一朵黄玫瑰的心，起来后通身舒泰，我决定不把那束玫瑰送给离去的女友。

那一束黄玫瑰，每天都会被我整株泡一下水，花瓣一星期以后才凋落，是抬头挺胸凋谢的。

这是十几年前我写在笔记上的一件真实的事。从那一次以后，我就知道了一些买回来的花朵垂头丧气的秘密。最近找到这一段笔记，感触和当时一样深，更确实地体会到，人只要有细腻的心去体会万象万法，到处都有启发的智慧。

一朵花里，就能看到宇宙的庄严，看到美，看到不屈服的意志。

有一位花贩告诉我，几乎所有的白花都很香，愈是颜色艳丽的花愈是缺乏芬芳，他的结论是："人也是一样，愈朴素单纯的人，愈有内在的芳香。"

有一位花贩告诉我，夜来香其实白天也很香，但是很少有人闻得到，他的结论是："因为白天人的心太浮了，闻不到夜来香的香气，如果一个人白天时心也很沉静，就会发现夜来香、桂花、七里香，连酷热的中午也是香的。"

有一位花贩告诉我，清晨买莲花一定要挑那些盛开的，结论是："早上是莲花开放最好的时间，如果一朵莲花早上不开，可能中午和晚上都不会开了。我们看人也是一样，一个人在年轻的时候没有志气，中年或晚年是很难有志气的。"

有一位花贩告诉我，愈是昂贵的花愈容易凋谢，那是为了向买花的人说明："要珍惜青春呀！因为青春是最名贵的花！"

有一位花贩告诉我……

让我们来体会这有情世界的一切展现吧！当我们有大觉的心，甚至体贴一朵黄玫瑰，以心印心，心心相印，我们就会知道，原来在最近最平凡的一切里，就有最深最奇绝的睿智呀！

正向时刻

每天，

有一些正向的阳光，

便有好心情走向明天；

时时有正向的时刻，

生命便无限美好，

日日是好日，

处处开莲花。

狗的享受

路过家附近的一家银行，发现门口或坐或趴着五条狗。

这五条狗原来是在市场附近的野狗，我认识的，它们本来各据一处，怎么会同时坐在银行前面呢？银行对狗的价值应该还不如路边的面摊，为什么狗不去蹲面摊，而要来蹲银行呢？我感到十分好奇。

更使我好奇的是，这五条狗的脸上都流露出非常满足的神情。于是我站在那里研究狗为什么这么满足，为什么整条街都不去，偏偏聚在银行的门口。

十分钟以后，我找到答案了，因为银行的冷气开得很强，又是自动门，进出者众，每每有人出入，里面的冷气就会一阵阵被带出。那些狗是聚在银行门口享受冷气呢！

七月，中午，台北，有冷气真享受，连狗也知道。

台北秘籍

与朋友去信义路和基隆路口新开的诚品书店看书，无意间发现一张《台北书店地图》。

地图以浅咖啡色做底，仿佛一页撕下的线装书页，非常淡雅，一张一百元。看到这张地图，我真是开心极了，台北有这么多的书店，台北还是很可爱的。

想到不久前在欧克斯家具店找到的《台北东区市街图》，我想，或者可以出版一本书，书里全是分门别类的地图，例如《咖啡店地图》《书廊地图》《名牌服饰地图》《茶艺馆地图》《花店地图》《古董店地图》《餐厅地图》等等。

对了，或者可以有一张《特殊商店地图》。例如后火车站有一家很大的"线庄"，历史悠久，只卖各色针线；基隆路有一家"大蒜专卖店"，只卖各种大蒜的制品；统领百货巷内有一家只卖天然茶的店，好像叫"小熊森林"；松山有一家只卖普洱茶叶的"普洱茶专卖店"……

这些地图可以让我们看出台北的好。

是不是可以邀请许多艺术家，每一位为台北绘一张这样的地图，让初到台北的人也能知道，台北有许多特色，是不逊于欧洲的。

这样一本地图，书名可以叫作"台北秘籍"，副题是"专供初到台北的武林人物在午后秘密修炼"。

呀！想了就很开心。

坐火车的莲花

逛完书店，散步回家，惊见家门口有一株玫瑰和四朵宝蓝色莲花，靠在门上，站立着。

花里夹着一张便条。

原来是一位住在中坜的朋友送的。他从中坜火车站搭车到基隆去看女朋友，看到花店，想买一朵玫瑰花送给女朋友。进了花店，看到四朵宝蓝色莲花，他便联想到我，觉得顺路到松山，先把莲花送我，再到基隆送玫瑰给女友，行程就很完美了。

他在松山下车，步行到我家，原本要放了花就走，但大厦管理员对他说："林先生有黄昏散步的习惯，又穿拖鞋短裤，很快会回来了。"结果我去逛书店，他在门口枯等许久，一直到天黑才离去。

至于那朵要送他女朋友的玫瑰，算算时间，去基隆太晚了，于是就"附赠女友的玫瑰一朵"，他就回中坜去了。

朋友那封短笺，里面有格言似的留话："在这个世间，只要不会伤害别人的事，想做什么，就立刻去做吧。"

我把莲花和玫瑰插在花瓶里，心想，有些朋友真像花园中的花突然绽放，时常令人惊喜，下次也要想个什么方法，让他惊喜一下，或者两三下。

条纹玛瑙

暑假到了，在国外的朋友纷纷回来过暑假。

一个朋友从美国马利兰回来，特地来看我，送了一个沉重的东西给我，说："送你一块石头，不成敬意。"

打开，是一块条纹玛瑙，大如垒球，有一公斤重，上半部纯红，下半部红、黄、白、绿条纹相间，真的是美极了。

"真是谢谢你！"我诚挚地说，企图掩藏心里的狂喜。朋友是腼腆的人，我担心没有掩饰的惊喜会吓到他，所以就刻意淡化了内心的欢喜。

朋友走了，我在书房里抱着那块条纹玛瑙，高呼万岁，不是因为它的昂贵，而是因为它的美，还有超越时空的友谊。

埔里荔枝

在埔里等候"国光号"的车北上，尚有二十分钟，我就在车站附近逛逛。

我看到一家水果行，想到埔里的特产是荔枝和甘蔗，便买了一株甘蔗、十斤荔枝，真不敢相信甘蔗和荔枝都是一斤二十五元，几天前在台北买荔枝，一斤六十元。

"国光号"上，先吃了荔枝，是籽细肉肥的品种，鲜美极了。

然后吃甘蔗，脆嫩清甜，名不虚传，果然是埔里甘蔗。

回到台北，齿颊仍留着香气，四小时的车程，仿佛只是刹那。

处处莲花开

生命里有许多正向时刻，也有许多负向时刻。一个人快乐的秘诀，便是抓住正向的时刻，使它更充盈；转化负向的时刻，使它得到清洗。

有人对我们深深地微笑；乡间道上的油麻菜开花了；炎热的夏天午后突来了阵雨和凉风；一只凤蝶突然飞过窗边；在公园里偶然看见远天的彩虹；读了一本好书、听了一段动听的音乐……

每天，有一些正向的时光，便有好心情走向明天；时时有正向的时刻，生命便无限美好。日日是好日，处处莲花开。

买了半山百合

我们时常跑到山坡上，

去寻找野花的踪迹。

有些山坡开满了百合花，

我们就会躺在百合花的白与白之间，

山风使整个花园都有着清凉的香气。

感觉到，

我们的心也像百合般白了，

并用白喇叭吹奏着高扬的音乐。

在市场里，有个宜兰人，每隔几天来卖菜。

这个宜兰人像魔法师一样，长得滑稽而神气，他的菜篮里每次总会有几把野花，像鸡冠花、小菊花、圆仔花、大理花之类的。他告诉我，他在家附近采到什么花，就卖什么花。

他卖菜与一般菜贩无异，但卖花却有个性，不论大把小把，总是卖五十元，所以买的人有时觉得很便宜，有时觉得很贵。他不在乎，也不减价，理由是："卖菜是主业，要照一般的行情；卖花是副业，我想怎么卖就那样卖呀！爽就好！"

他卖花爱卖不卖的，加上采来的花比不上花店的花好看，有的极瘦小，有的被虫吃过，所以生意不佳，可怪的是，他宁可不卖，也不折价。有时候他的花好，我就全买了（不过才三四把），所以他常对我说："老板，你这个人阿莎力，我真甲意。"有时候花真的不好，我不买，他会兜起一把花追上来："嘿！送你啦！我这个人也阿莎力。"

久了以后，相熟了，我就叫他"阿莎力"，他颇乐，远远看到我就笑嘻嘻的，好像狄斯奈卡通《石中剑》里那个魔法师一样。

每年野姜花或百合花盛开的时候，阿莎力最开心，因为他的生意特别好。百合与野姜洁白、芬芳，都是讨人喜欢的花，又不畏虫害，即使是野生的也开得很美。那时，百合花就不只卖三四把了，他每天带来一大桶，清早就被抢光。他说，卖一桶花赚的钱胜过卖两担菜。"台北人也真是的，白菜一斤才卖二十块，又要杀价，又要讨葱，一束花五十块，也不杀价，一次买好几把，怕买不到似的。"然后他消遣我，"老板，你是台北人呀！还好你买菜不杀价，也不讨葱。"

今天路过阿莎力的摊子，看到有几束百合，比从前卖的百合瘦小，株条也不挺直，我说："阿莎力，你今天的百合怎么只有这些？"

"全卖给你好了，这是今年最后的野百合了，我把半座山的百合全摘来了。"

"半座山的百合？"

"是呀！百合的季节已经过了，我走了半个山只摘到这些，以后没有百合卖了。"

"半座山的百合，那剩下的半座山呢？"

"剩下的半座山是悬崖呀，老板！"阿莎力苦笑着说。

想到这是今年最后的百合，我就把他所有的百合全买下来，总共才花了三百元。回家的路上，我想，三百元就买下半座山的百合，十分不可思议。

把百合插在花瓶里，晚上的时候，一个人静静地看那纯白的盛放的花朵。百合的喇叭形状仿佛在吹奏音乐一样，野百合的芳香最盛，特别是夜里心情沉静的时候，香气随着音乐在屋里流淌。

在山里的花，我最喜欢的就是百合了。从前家住山上，有四种花是遍地蔓生的，除了百合，还有野姜花、月桃花、牵牛花。野姜花的香气太艳，月桃花没有香气，牵牛花则朝开暮谢，过于软弱，只有百合是色香俱足，而且在大风的野地里也不会被摧折，花期又长。

从前的乡下人不时兴插花，因为光是吃饱都艰难，谁会想到插一瓶花呢？但不插花不表示不爱花，每当野花盛开的时节，我们时常跑到山坡上去寻找野花的踪迹。有些山坡开满了百合花，我们就会躺在百合花的白与白之间，山风使整个田园都有着清凉的香气，感觉我们的心也像百合一般白了，并用白喇叭吹奏着高扬的音乐。然后想到"山上的百合也不纺纱，也不织布，但所罗门王皇冠上的宝石也比不上它"的句子，我们就不禁有陶醉之感了。

近年来，野百合好像也很少了，可能是山坡地被开发的缘故。只有几次到东部去，我在东澳、南澳、兰屿见到野百合遍地开的情景。自从流行插花，百合花就可以卖钱，野生的百合在未开之前便被齐根剪断，带到市场来卖。

瓶插在屋里的野百合花，虽然也像在坡地一样美、一样香，感受却大有不同了。屋里的百合再怎么美，也没有野地风中那样的昂扬，失去了那种生气盎然的姿势，好像……好像开得没有那么"阿莎力"了。

进口种植的百合花有各种颜色，黄的、红的、橙的，香气甚至比野生的更胜，但可能是童年印象的缘故，我总觉得百合花都应该是白色的，花形则最好是瘦瘦的、长长的。可是那土生土长的、有灵醒之白的百合，恐怕得要到另外半山的悬崖峭壁去看了。

今年的野百合花期已过，剩下的都是温室种植的百合了，这样一想，眼前这一盆百合使我生起一种深切的感怀。它是在预告一个春天的结束，用它的白来告白，用它的香来宣示，用它的形状来吹奏，我们在山坡地那无忧的生活也随百合的记忆流得远了。

夜里，坐在百合花前。香气弥漫，在屋里随风流转。想到半山的百合花都在我的屋子里，虽然开心，内心里还是有一种幽微的疼惜。

呀！不管怎么样，野百合还是开在山里好，野百合，还是开在山里的，好呀！

一滴水到海洋

唯有发现心里一滴水的人，

才能体会海洋也是一滴水的汇集与映现。

能品味一滴水，

也就能品尝海洋的真味了。

　　一位弟子追随一位得道的师父。过不了几天，他一有机会就去请教师父："什么是人生的价值？"师父总是不告诉他，他愈发显得着急，一再地去求教。

　　有一天，师父被缠不过了，从房子里拿出一块石头，那石头看起来很大，也很美，师父说："你带这块石头到卖蔬菜的市场去卖，但是不要真的卖出去，只要试着卖，看看蔬菜市场的人可以出什么样的价钱。"

那个弟子真的带着石头到蔬菜市场去试卖。很多人围过来看，有的说："这么美的石头可以给孩子玩。"有的说："这么大的石头当秤锤刚刚好。"于是人们纷纷给石头出价，从两元到十元不等。

弟子带着石头回来见师父，说："在蔬菜市场，这个石头只能卖到十元的价钱。"

师父又说："现在你把这石头拿到黄金的市场去卖，但是不要真的卖出去，看看黄金市场的人可以出什么样的价钱。"

弟子照着吩咐去做了。当他从黄金市场回来的时候，很高兴地向师父报告："在黄金市场，他们出的价钱很好，这石头可以卖到一千元。"

师父又说："现在，你把这石头拿到珠宝店去，还是不要卖出去，只要看看珠宝店的人可以出到什么样的价钱。"

弟子拿石头到珠宝店去卖时，他简直无法相信，因为第一个人就出价五千元，由于他不卖，珠宝店的人竟一直加价，最后加到几十万元。

弟子还是不肯卖，最后珠宝店的人说："只要你肯卖，任你开个价吧！"

弟子说："我只是奉师父之命来试这个石头的价钱，不管出多高的价，我的石头都是不卖的。"弟子离开珠宝店的时候，他心想，黄金市场和珠宝店的人简直是疯狂，因为在他看来，一块石头能卖十元就够好了。

他回来向师父报告在珠宝店得到的开价，师父说："一块石头的价值，是由了解的深浅而定的。如果一个人没有够好的眼睛，所有的石头，价值都不会超过十元，正像你在蔬菜市场遇到的那些人。你每天追着我问人生的价值，可是你的眼睛只停在蔬菜市场的层次，我给你一个钻石，你也会以为只值十元。如果你成为珠宝商，认识真正的宝石，我给你的宝石才会成为无价。现在，你先不要向我要人生的宝石，先使你自己拥有珠宝商的眼睛，那时候你来找我，我就会教你人生的价值。"

这是苏菲修行者的故事，它有两个重要的寓意：

一是想要追求人生更高的奥秘，一定要在心灵上有所准备，要养成慧眼，这样才能承受真正的"道的宝石"，如果没有慧眼，最好的钻石摆在眼前也与石头无异。

二是万事万物并没有绝对的价值，而是缘于了解的深浅而显示价值的高低，唯有心灵的提升才能坚持出一种绝对的价值。有绝对价值的人，吃饭喝茶中都有深奥的境界，因为人生的奥义并不在那相对与分别的世界，而在绝对的性灵中。

不久前，我去参观一个奇石的展览，就想到苏菲的这个故事，那所谓的奇石全不加人工的雕琢，而是捡拾自深山、溪流、海边，个个都有奇特的风姿。它们的定价从数千到数十万都有，如果不是收藏奇石的那个圈子里的人，很难理解为什么一块石头可以卖到几十万。但是听说有很多是非卖品，即使那个圈子里的人愿意花几十万买石头也买不到呀！

我们假设那些原在深山、海岸、溪畔的奇石，普通人根本就懒得去捡，所以发现而捡拾的人就可以说是慧眼独具了，他们的慧眼则是在对石头的爱与了解中产生的。当然也有人为了卖钱而捡石头，有一位奇石收藏家就告诉我："为了卖钱而捡石头的人，往往捡不到最好的石头。"

但是，不管是为爱而捡或为钱而捡，不管有什么样的定价，不管是在深山或在艺术馆的架上，一块石头的本质是不会改变的，在改变与波动着的只是我们的眼睛，我们的心。

石头存在的本身就饱含了价值，不因慧眼或俗眼而改变。其实，万物的本身都有不可替代、无法定价、深刻无比的价值，此所以"森罗万象许峥嵘"，此所以"翠竹皆是法身，黄花无非般若"，此所以"溪声尽是广长舌，山色岂非清净身"……

保持内心如宝石一样的品质，比起为宝石定各种价钱要高明得多了。

从前，牛顿在苹果树下，被一个苹果打中而发现地心引力。这是多么伟大的发现，但是如果没有那个适时落下的苹果，可能要晚几百年才会被发现。所以，也许市场里一个苹果卖十块钱，可是一个苹果也可以是地心引力的引信，也可以是无价的。

有一个这样的笑话——

一个孩子读了牛顿发现地心引力的故事，就跑去坐在苹果树下，想自己说不定也可以发现什么大的道理。他坐在苹果树下胡思乱想，为什么苹果树这么高大，却长出这么小的苹果，而大西瓜却相反，长在小小的西瓜藤上？小苹果长在大树上，大西瓜却长在小小的藤上，这里面一定有什么伟大的道理吧！

正在苦思的时候，一个苹果"啪"一声落在他的头上，他突然欣喜若狂地发现了："还好是一个苹果，如果是大西瓜落下来，我还会有头在吗？原来大西瓜长在地上是有道理的，至少落下的时候不会有人受伤。苹果长在大树上是很好的，西瓜长在地上也是很好的，万物的存在都有它的道理。"

事物的价值源自于人心的价值，如果心的价值不被发现与确立，事物的价值也就得不到确立了。有一个朋友千里迢迢带回来大陆寺庙改建时拆下的砖送我，说是唐朝的砖。我左看右看，端详这块朋友口中"伟大而有历史的砖"，却总是看不出它的殊异之处。我想，如果把这块砖放在忠孝东路人群最多的地方，也不会有人捡拾，或者第二天就被清道夫丢进垃圾车里。这块毫不起眼、重达五公斤的砖块，以锦盒包装，被抱在怀中，飞山越海，到我的手上，只是因为在我们的心里先确立了，才会发现它的价值呀！

"文化大革命"的悲剧，正在于人心对于文化、文明、传统与历史的不能确立。当一个人的心没有价值观与质量感时，当一个人的心只有垃圾时，所看见的世界也无非是垃圾！

在现代社会，真实的价值之所以被隐没，就是人心被隐没的结果。

假若说，人心的价值是一滴水，万物存在的价值是一片广大的海洋，那么唯有发现心里一滴水的人，才能体会海洋也是一滴水的汇集与映现。轻视一滴水，就是轻视整个海洋，而能品味一滴水，也就能品尝海洋的真味了。

花木之真相

朋友仔细端详了半天，

不肯相信那些看来十分生动翠绿的树木是假的，

要和我打赌，

他甚至攀在树上敲打树干，

去验明正身……

到松山机场送朋友搭飞机回高雄，发现才几个月不见的机场，已经大为不同了。经过大幅整修的机场，显得宽广明亮，比起以前的老旧灰暗，感觉舒适得多。

最使我惊喜的是，机场各处遍布了绿色植物，有许多盛开的花朵。不管在什么地方，只要有了植物、有了花朵，就仿佛被赋予了生机，因为欣欣而有了向荣之意。

我时常想，把室外的花木移植到室内，使得风与水得到改变，这使人成为空间的上帝，绿手指所到之处，空间便完全不同了。在夏日午后，我时常和朋友到凯悦饭店和西华饭店去喝茶，每次看到大厅中那些巨大的树木和艳丽的花朵，就好像闻到清芬，有一种感动，感动于经营者那细微的用心。

松山机场能种植这么多花木，真是一件好事。

可是，仔细观察之后，才发现机场的植物，从最细小的草叶到最巨大的树木，从最翠绿的叶子到最鲜丽的花朵，全是塑胶制品。这一发现真是非同小可，在偌大的机场，花费巨大的人力、财力整修，为什么连一株真实的花木都没有呢？

"真是没有水平！"我说。

朋友说："你不要这么挑剔，用假的花木省事嘛！这些花木做得跟真的很像，一般人是看不出来的，何况，大部分人都很粗糙，眼中根本不见花木，哪里还管什么真假呢？"

朋友说得有理，可能是我自己太执着，假花又不会碍着我，何必为假花失望呢？在这个真假难分的时代，谁又会在乎真假呢？

我开始检查自己的执着，我的执着是来自内心的觉受？或是因为假花不如真花？我并不讨厌一切的假花，像干燥花、缎带花、纸花，这些并不会引起我厌烦的情绪，为什么唯独不能忍受塑胶花那种僵化、俗气的样子呢？那是因为塑胶材质本身是不自然的、纯机械的、难以表达心灵的。

如果有一种花，它做得非常真实，它的材质也不是塑胶，那么，我可不可能喜欢呢？

我想到今年春天和朋友在福华饭店听蒙古民谣、喝下午茶的情景。我们抬头看到三楼种了几棵椰子树和香蕉树。

朋友说："这饭店了不起呀！竟然有办法把椰子和香蕉种在室内！"

"一定是假的！"我确定地说。

朋友仔细端详半天，不肯相信那是假的树木，要和我打赌。我说："好！输的人就请下午茶吧！"

结果，朋友独自跑到三楼去检验那椰子树和香蕉树。我看到他甚至攀在树上敲打，然后他颓然地下楼来："是假的，树干是铝做的，包着棉纸，叶子也是纸做的，敲起来'锵锵'响。"

接着，他感到十分疑惑："你怎么知道是假的呢？它和真的一模一样，而且实在做得天衣无缝！"

我说，第一是常识，椰子和香蕉是热带植物，纵使在台北的山上也难以结出果实，何况是在饭店里，怎么可能结果？

第二是观察，凡是真的树木或树干，绝对不可能完美的。真实花木必有残缺，例如裂开的、枯萎的叶子，有创伤的树干，那饭店里的树木太完美了，完美得现出它的虚假。

第三是感觉，我是亲手种植过香蕉、椰子的人，光是感觉就可以断定呀！感觉虽然有时误假为真，但有时也可以分别真假。

离开饭店之前，我们又跑去看那真假难分的椰子树、香蕉树，虽是假的，却做得青雅细致，宛如艺术品。我想，福华饭店是画家朋友廖修平的家族企业，假的花木也比普通的细致呀！

但是，假的花木毕竟不是真的，真实的生活虽有残缺，就像真的花木必有凋萎缺损，但总比假的幸福要来得有生机，更值得珍惜。真实的生活有喜怒哀乐各种或好或坏的感觉，总比没有感觉来得真切。

假的花木或者完美，或者如此肖似，但我们无法投入那个完美和肖似之中，因为许多完美不能以爱投入，许多肖似不能用真实的心欣赏。因为它们没有生命、没有生机、没有变化，也就没有伤逝、凋零与疼惜。

因此，坐在松山机场的假花阵中，我感到茫然。一个在感觉中麻木的时代，人们比较不在乎真假，自然也就反映在人所处的环境了。

朋友坐飞机走了，我沿着种满假的花木、铺着假的泥土的松山机场走出来，叫了一部出租车回家，车上正播着一首哀怨的流行歌《下一个男人也许会更好》，但下一个男人也可能会更坏呀！

在忠孝东路，车子陷入台北午后习惯性的塞车中，每一个驾驶人都沉默地忍受着，一寸一寸走过千疮百孔马路边的标语牌：

　　每一张统一发票是一朵花，统一发票是城市的花园，请索取统一发票！

统一发票也是一朵花吗？这是多么逞强无理的概念呀！

好不容易回到家里，我就接到朋友从高雄打来的电话："我到高雄有一下子了，打几次电话都没有人接，塞车了吧？"

我心里颇有荒诞之感。在这个混乱的时代，从松山到高雄竟比从松山到松山还快，真假既无辨别，远近也互相交错了。

坐在书桌前面，我看着不久前种在盆子里的番薯和芋头，它们长得青翠优雅，生气尤胜于花园里的玫瑰花。唉，这世间究竟有什么真实的事呢？

一　味

茶味禅味，

一味万味，

味味一味，

喝时生其心，

饮后应无所住，

如是如是。

乌铁茶

一位朋友独自跑到木栅的观光茶区去经营茶园，取名为

"乌铁茶区"。据说,他是接下了一个患病农民的茶园,原因是很想做出一些自己喜欢的茶,让自己喝了欢喜,朋友喝了也欢喜。

"你喜欢的茶是什么呢?"

"中国的两大名茶,一是乌龙,一是铁观音。乌龙清香,铁观音喉韵好,这两种茶是完全不同的。我在少年时代就常想,有没有可能使两味变成一味呢?就是把乌龙和铁观音的优点融合,消除它们的缺点,所以我把自己的茶园取名为'乌铁茶园'。"

"使两味合成一味"可能只是朋友的理想,但他在实验的过程中,却创造了许多滋味甚美的茶;也由于有一个渴盼创造的心灵,他理想的茶虽未出现,但他对于人生、对于茶已经有了全新的体验。

他说:"当我心中有使乌龙与铁观音合一的愿望时,事实上那种茶已经完成了,虽然还没有做出来,但总有一天会做出来。"

我走在朋友种的井然有序的茶园里,看到洁白的小茶花,不禁想起禅师所说的"家舍即在途中"——当一个人往理想愿望迈进的时候,每一步历程其实都与目标无异,离开历程,目标也就不存在了。

问题是，历程的体验与目标的抵达虽是一味，由于人自心的纷扰，它就成为百味杂陈了。

一味，不是生活里的柴米油盐，而是内心的会意。

一味，不是寻找一种优雅的生活，而是在散乱中自有坚持：在夏日，有凉爽的心；在冬天，有温暖的怀抱。

生命里的任何事都没有特别的意义，在平凡中找到真实的人，就会发现每一段每一刻都有尊贵的意义。

雀舌鹰爪

经营茶园的朋友嫌现在的茶做得太粗，于是用手工采茶，用手工制茶，做出一种最好的茶，取名为"莲心茶"。

莲心茶只取茶最嫩的茶芽制成，一芽带两叶，卷曲有如莲子的心。

以茶芽制茶古已有之，《梦溪笔谈》说：

> 茶芽，古人谓之"雀舌""麦颗"，言其至嫩也。

《宣和北苑贡茶录》说：

凡茶芽数品，最上曰小芽，如雀舌鹰爪，以其劲直纤锐，故号芽茶；次曰中芽，乃一芽带一叶者，号一枪一旗；次曰紫芽，乃一芽带两叶者，号一枪两旗；其带三叶四叶者，皆渐老矣！

莲心茶必须在春天气候晴和的早上去采，这时茶树吸收了昨夜的雾气，茶芽初发，一芽一芽地采下来。

朋友说，现在的农夫觉得这样采茶芽太费工了，不符合成本效益，使得雀舌鹰爪徒留其名，早已成为传说了。

"但是，最好的总要有人去做，纵使被看成傻子也是值得的。"朋友说。

是的，最好的总要有人做，我为朋友那种真挚求好的态度感动了。

他每年只做几斤莲心茶，只卖给善饮茶的人，每人限购二两，他说："最好的茶只给会喝的人，但是不能太多，太多就不会珍惜了。"

法也是一样吧！这个世间有许许多多的法，法味都不错，但最好的总要有人去做，即使被看成傻子也是值得的。

体会茶的心

不过，做茶也不能一厢情愿，而要体会茶的心。

朋友有一种很好的茶，叫"月光茶"，是在春天的夜间，用探照灯照着采的。他打着探照灯在夜间采茶，会被茶山的人看成疯子。

他说："有一天，天气很热，我自己泡一壶茶喝，觉得茶里面还带着暑气。我心里想，如果在有露水的夜里采茶，茶在夜露的浸润下，茶树的心情一定很好，也就没有暑气了。"

想到就做，竟让他做出像"月光茶"这样的茶来，喝的时候仿佛看见月光下吐露着清凉的茶园，心胸为之一畅。想到"冻顶乌龙"之所以比"乌龙"好，那是因为终年生于云雾风霜的极冻之顶，好像能令人体会茶里那冰雪的心。

我们与茶互相体会，与人间的因缘也要互相体会。作为佛教徒的人时常会觉得高人一等，自以为是众生的母亲，但是反过来想，我们已经在轮回中受生无数次，一切众生必都会是我的母亲。这些在过去世中无数无量曾呵护、照顾、体贴、关爱过我们的母亲呀，如今就在我的四周。

一切的众生为了生活，得不停忙碌地工作；一切的众生为了呵护子女，要累积财富，以致他们没有时间全力修持佛法。但，不能修持佛法的母亲还是我最亲爱的母亲呀！我愿她们都拥有最美好的事物，也愿她们一切幸福。

如是思维，心遂有了月光的温柔与清凉。

不可轻轻估量

朋友来看我，知道我喜欢喝茶，都会带茶来送我，因此我喝到了许多未曾想过的茶。像桂花茶、紫罗兰茶、菩提叶茶都还是普通的，有人送我决明子茶、番石榴叶心茶、荔枝红、柚子茶等各种奇怪的加味茶。

今天，一位朋友带来一罐人参乌龙茶，听说是乌龙茶王加美国人参制造的，非常昂贵。我说："如果是很好的乌龙，就不会做成人参乌龙茶；如果是最好的人参，也不必做成人参乌龙茶。所以，所谓人参乌龙茶，应该都是次级的人参与次等的乌龙制造的。"

朋友听了哈哈大笑。

我说，这是实情，因为最好的茶不必加味，凡是加味者，都不是用最好的茶去做的。

朋友是来告诉我，某地又出现了一位新的禅师，某地又出现了一位新教主，某地又有一位高人宣称证得大圆满境界，以神通经验来号召，信徒趋之若鹜。

他问我："你看这是真的，还是假的？"

我说："你管他是真是假，我们只要照管自己的心就好了。"

他又问："为什么台湾近年来每年都会出现这样的人呢？"

我说："你觉得呢？"

"我觉得是社会竞争太厉害了。有一些人循正常的管道奋斗，不可能成功，最快成功的方法是自称教主、祖师，或证得某种境界，因为这既有名有利，也不需要时间和本钱，只要会演戏就好了，而且群众也无法去检验。就像我要和人做生意，总会先调查他的信用，过去的经验有迹可循，可是这社会上自称成就的人往往是无迹可循的。你认为我的看法怎样？"

"很好！"我说，"我还是觉得最好的茶是不用加味的，最好的法也是一样，对待加了许多味的法，与对待加了许多味的茶一样，要谨慎，不可轻轻估量！"

然后我们泡了一壶人参乌龙茶喝，不出所料，不是最好的茶叶，也不是最好的人参。

风格的芬芳

在南部六龟的深山里，有一种野生茶，近年已成为茶界乐道的茶。

野生茶，听说已生长百余年的时间，是日据时代，或是清朝种在深山里而被人遗忘的茶树，由于多年未采摘，长到有一层楼高。

野生茶的神奇就在于每一棵的茶味都不一样，有独特的风格。例如一棵有蜂蜜的味道，一棵有牛乳的味道，一棵有莲花香，这不是加味，是自然在茶叶中长成的。

因此，采野生茶的人要带许多小袋子，每一棵茶树采的装一袋，烘焙时也要每一棵分开，手工精制。这样费时费力做出来的茶，自然是价昂难求，有时有钱也买不到。

我在朋友家品尝野生茶，果然，每一棵都很不一样。我最喜欢带有莲花香的那一棵，喝的时候一直在寻思，为什么茶叶会自然长出莲花的香味呢？为什么会每一株茶的味道都自不同呢？

我想，一棵茶树在天地间成长壮大，在时空中屹立久了，自然会形成一种独特的风格,这风格不会妨碍它做一棵平常的茶树,但却有与一切茶树完全不同的芬芳。人也是如此,处于法味久了,自然形成风格,这风格不会使他异于常人,但会使他在人间散放不同的芳香。

寒天饮茶知味在

与懂茶的人喝茶,有时候也挺累人,因为到后来,只是在谈对于茶的心得,很少真的用心喝茶,用的都是舌头。

有一天,一位素来被认为会喝茶的朋友来访,我边泡茶边说:"今天我们可不可以完全不谈茶的心得,只喝茶?"

朋友呆住了,说:"我光喝茶,不谈茶,会很难过的。"

我说:"我们过于讲究茶道而喝茶,会忘记喝茶最根本的意义。喝茶,第一是要解渴,第二是兴趣,第三是有好心情,第四是有好朋友来,对茶的研究反而是最末节的了。"

然后,我们坐下来,喝茶!

那时候觉得赵州的"吃茶去"讲得真好。

雪夜观灯知风在,寒天饮茶知味在。除了专心喝茶,我们并不做什么。喝了几盏茶之后,朋友说:"今天真好,我现在知道茶不是用舌头喝的了。"

我想起法眼文益禅师被一位学生问："师父，什么是人生之道？"

他说："第一是叫你去行，第二也是叫你去行。"

是的，什么是饮茶之道？第一是叫你去喝，第二也是叫你去喝。

什么是佛法之道？第一是叫你去实践，第二也是叫你去实践。

"有没有第三呢？"朋友说。

"有的，第三是叫你行过了放下！"

这金黄色的茶汤呀！这人生之河的苦汁呀！这中边皆甜的法味呀！

一味万味，味味一味。

喝时生其心，喝完时应无所住，如是如是。

达摩茶杯

忙乱的生活如此燥热，

没有清凉的茶无以消火解渴；

烦恼的生命如此焦渴，

缺少一杯法雨甘露，

生命的长途就更郁闷难耐了。

在日本买了一个枣红色的杯子，外面的釉彩是绿色、蓝色与黄色绘成的达摩祖师像，在日本的达摩造型比较不像印度人，像是一个没有种族特征的孩子，圆墩墩的，带着无邪的笑意。

我不仅在茶杯上看见这样的达摩，也在灯笼上看过，在酒壶酒杯上看过，甚至有许多被制成不倒翁、玩偶和面具。

达摩祖师几乎已经成为日本人的图腾，甚至彻底日本化了。日本大概是最崇拜达摩的民族了，在达摩的出生地印度，早已没有人知道达摩这一号人物。在达摩后半生游化的中国，虽然也敬仰达摩，但也没有到无所不在的地步。

我曾在台北的中山北路艺品店，看过许多达摩的画像；也曾在苗栗的三义乡，看过许多达摩的雕刻；大陆的石湾陶也有许多达摩作品……初始，我以为中国人总算没有忘了达摩，后来才知道，那些作品绝大部分是为日本观光客做的。

不止达摩，像以寒山、拾得为画像的"和合二仙"在日本也很流行。像以布袋和尚为画像的，我们把他当成弥勒佛，在日本却是七福神，是民间祭祀的对象。

在日本，达摩祖师如此风行，在中国，为什么反而日渐被漠视呢？我们在禅风大起的时代，要如何来看待达摩祖师呢？

读过日本茶道书籍的人，都知道日本茶道开宗明义的第一章便与达摩祖师有关。传说菩提达摩在少林寺面壁九年期间，因为追求无上觉悟心切，夜里不倒单，也不合眼。由于过度疲劳，眼皮沉重得撑不开，最后他毅然把眼皮撕下来，丢在地上。

就在达摩丢弃眼皮的地方，长出叶子翠绿的矮树丛（树叶就像眼睛的形状，两边的锯齿像睫毛）。那些在达摩座下寻求开悟的徒弟，也面临眼皮撑不开的情况，有的徒弟就摘下一片又绿又亮的叶子咀嚼，顿时精神百倍。

于是，人们就把"达摩的眼皮"采下来咀嚼或泡水，产生一种奇妙的灵药，使他们可以更容易保持觉醒状态——这就是茶的来源。

这个传说之所以在日本流行，首先是因为日本人的武士道性格决然，他们曾以"想睡觉了就把眼皮撕下来"为手段来达成目的。可是中国的祖师是反对"吃时不肯吃，百般需索；睡时不肯睡，千般计较"的，主张"吃饭时吃饭，睡觉时睡觉"比较合乎禅的精神。

其次，日本人认为达摩面壁九年，是在寻求无上正觉。从史实来看，达摩来中国时已经正觉，他是来寻找"一个不受人惑的人"，也就是来度化有缘人的。少林寺的九年面壁，只不过是期待合适的弟子予以教化罢了。

因于"达摩的眼皮"的传说，把达摩的像绘在茶壶、茶杯上，给了我们一个觉醒的启示：喝茶不只在解除口舌上的热渴，也要有一个觉醒的心来解除人生烦恼的热渴。

达摩被我们视为"禅宗初祖"，但是他的名声虽大，他的思想却很少人知道。根据学者的研究考证，达摩真正的思想所在，应该最接近后世流传的"二入四行论"。

"二入"是从两种方法进入禅悟：一是"理入"，就是要勤于教理地思考，认识教理，解除生命的盲点，然后才能舍伪归真；二是"行入"，就是以生命来实践，以佛的教义实际地履行，除去爱憎情欲，以进入禅法。

这就是"不受人惑"的入门呀！

以达摩祖师之教化，后世禅宗分为"贵见地不贵行履"和"贵行履不贵见地"，实际上都有违祖师教化，走入极端了。

见地是为了提升境界，实践是为了印证境界，前者是未登山顶而知道山顶有好风光，后者是一步一步地登山，一定要爬上山顶的时候，才能同时汇流，豁然贯通！

"四行"是体验修证佛道的四种具体的行法，即"报冤行""随缘行""无所求行""称法行"。

"报冤行"是指我们所遇到的一切苦难，都是从前恶缘汇集的结果，故当无所埋怨地承受。

"随缘行"是指我们所遇到的一切喜庆成就，乃是从前善缘的成果，故应无所执着骄满。

"无所求行"是指世人由于有所贪求，才会迷惑不安，如果能无所求，就能无所愿乐、万有皆空、安心无为、顺道而行了。

"称法行"，是明白本性清净才是究竟的法，所以在世间一切法上，无染无着、无此无彼，虽然自利利他，也能安住于空法。

达摩祖师的"二入四行论"可以说是禅宗根本的理趣所在，如果能从此进入，就可以安心于道了。达摩祖师曾对两位弟子慧可、道育说过一段重要的话：

> 令如是安心，如是发行，如是顺物，如是方便，此是大乘安心之法，令无错谬。如是安心者壁观，如是发行者四行，如是顺物者防护讥嫌，如是方便者遣其不着。

达摩祖师的"二入四行"，简单地说，禅的修行是从"有意"超入"无心"。"无心"即是本性清净的意思，在本性清净的大原则下，一个人有多少执着，就含有多少束缚，减少束缚的方法，就是去化解执着——在见地上化解，在实践中化解，在行止里化解，到了解无可解、化无可化之境，心也就清净了。

一切生活中的事物，不都可用"二入四行"来给予直观吗？即使微细如喝茶这样的小事，在直观中，也能使我们身心提升到清净之处呀！

我喜欢日本茶道的四个最高境界，叫作"和敬清寂"，"和"是"心存平和"，"敬"是"心存感恩"，"清"是"内在坦荡"，"寂"是"烦恼平息"。

"和"是"报冤行"，即使是生命中最大的困顿，也能与之处于和谐的状态。

"敬"是"随缘行"，感恩那些使我能随顺生活的事物和人，对它们有崇仰之想。

"清"是"无所求行"，是内心永远晴空万里，有亮丽的阳光，无所贪求和企图。

"寂"是"称法行"，是止息一切波动，安住于平静。

"和敬清寂"不是呆板的，而是活泼的，就像火炉里的木炭经过热烈的燃烧，保留了火的热暖，而不再有火的形貌。人在烦恼烈焰之中亦如是——燃烧过后，和合相敬，清朗静寂，但不失去智慧的光芒与慈悲的温暖。

我在用绘有达摩祖师的茶杯喝茶的时候，时常想起他的一首偈：

　　　亦不观恶而生嫌，

　　　亦不观善而勤措，

亦不舍智而近愚，

亦不抛迷而求悟。

我把它试着译成白话为：

不必看到坏的人事就生起嫌恶的心，

不必看到好的事功就生起企图的心；

不必舍弃智慧而去靠近愚痴的景况，

也不必抛弃散乱的生活去追求悟的境界！

也就是说，如果手里有一杯茶，就好好地来喝一杯吧！品味手上的这一杯，不必管它是乌龙，还是铁观音，也不必管它是怎么来到我手上的。如果遇见人生的情境，不必管它是好是坏，不必管它怎么独独落在我的头上，坦然地饮下这一杯苦汁或乐水吧！

如果手上还没有茶，那么来煮一壶水，把水烧开了，抓一把茶叶，准备喝一杯吧！忙乱的生活如此燥热，没有清凉的茶无以消火解渴；烦恼的生命如此焦渴，缺少一杯法雨甘露，生命的长途就更郁闷难耐了。

我手上的达摩茶杯，很愿意借给有缘的人！

去做人间雨

山岸边的云，

是山这边燃烧的火传去的烟；

人间里的雨，

是天上的闲云慈悲结成的泪。

有一天晚上，马祖道一禅师带着百丈怀海、西堂智藏、南泉普愿三个得意弟子去赏月。马祖说："这样美的月色，做什么最好？"

西堂智藏说："正好供养。"

百丈怀海说："最好修行。"

南泉普愿一句话也没说，拂袖便去。

马祖说:"经入藏,禅归海,唯有普愿独超然于物外。"(智藏对经典可以深入,怀海会在禅法有成就,只有普愿独自超然于物外。)

我很喜欢这个禅宗的故事。在美丽的月色下,供养而使心性谦和,修行提升心灵清净,都是非常好的,可是好好地赏月,不发一语,则使人超然于物象之外,心性自然谦和,心灵也在无心中明净了。

天上固然有明月皎然,心里何尝没有月光的温柔呢?这就是寒山子说"吾心似秋月,碧潭清皎洁"的原因,也是禅师以手指月,指的并不只是天上之月,也是心里的秋月。心思短促的人,看见的是指月的手指;心思朗然的人,越过了手指而看见天边的明月;心思无碍的人,则不仅见月见指,心里的光明也就遍照了。

僧肇大师曾写过一首动人的诗偈:

旋岚偃岳而常静,江河竞注而不流。
野马飘鼓而不动,日月历天而不周。

一个人的心如果能常静、不流、不动、不周,就可以观照到,虽然外在世界迁流不息,却有它不迁流的一面。一个人如果心中有明月，就知道月亮虽有阴晴圆缺，其实月的本身是没有变化的。

更高远的心灵的道之追求，是要使我们能像天上的云一样自由无住，无心出岫，长空不碍。但是当我们化成一朵云的时候，是不是也会俯视人间的现实呢？

现实的人间会有一些污泥、一些考验、一些残缺、一些苦痛、一些不堪忍受的事物，此所以把现实人间称为"滚滚红尘"。"滚滚"有两层意思，一是像灰沙走石，遮掩了人的清明眼目，二是像柴火炽烈，燃烧着我们脆弱的生命。每一次，当我想到作家三毛的最后一部作品叫《滚滚红尘》，写完后她就投环自尽，我就思及红尘里的灰沙与柴火，真是不堪忍受的。

灰沙与柴火都还是小的，真实的"滚滚"有如汪洋中的波涛，人则渺茫像浪里的浮沫。道元禅师说："是鸳鸯呢，还是海鸥？我看不清楚，它们都在波浪间浮沉。"不管是美丽如鸳鸯，或善翔像海鸥，都不能飞出浮沉的波浪，人何能独独站立于波涛之外呢？

云，很美，很好，很优雅，很超然，但云在世间也不是独立的存在。它可能是人间的烟尘所凝结，它一遇到冷锋，也可能随即融为尘世的泪水。

因此，道的追求不是独存于世间之外的，悟道者当然也不是非人，只不过是他体会了更高的心灵视界罢了。这更高的心灵，使他不能坐视悲苦的人间，也使他不离于有情。这是一种纯净的诗情，王维有一首《文杏馆》很能表达这种诗情：

　　文杏裁为梁，香茅结为宇。
　　不知栋里云，去做人间雨。

迈向诗心与道情的人，以高洁的文杏做成梁柱，以芳香的茅草盖成屋宇，且虽然居住于自然与美之中，心里却有问世的意念。想到在栋梁间飘忽的白云，不知道是不是也和自己一样，要去化作造福人间的雨呢？

要去化雨的白云，是体知了燥热的人间需要滋润与清凉的雨；要去问世的高士，虽住于杏树香草做成的房屋，已无名利之念，但想到滚滚红尘，心有不忍。

道心与诗心因此都不离开有情，不是不能离开，而是不愿离开，试想蓝天里如果没有朝云与晚霞，该是多么寂寞。

智者，只是清明；觉者，只是超越；大悲者，只是广大。他们并不是用皮肉另塑一个自我，而是以活生生的血肉作人的圆满、作心的清明、作环境里的灯火。

　　《临济录》里讲到，临济义玄禅师开悟以后，时常在寺院后面栽植松树，他的师父黄檗希运问他说："深山里已经有这么多树了，你为什么还要种树呢？"临济说："一是为了寺院的景色，二是为后人树标榜。"所以他的师兄睦州对师父说："临济将来经过锻炼，定能成一棵大树，与天下人作阴凉。"

　　不论多么大的树，都是来自一颗小小的种子，来自一尖细细的芽苗。长成大树的人不该忘记天下人都是大树的种子与芽苗，因此誓愿以阴凉的树荫，来使天下人得以安和地生活。

　　出世的修行，是多么令人向往呀！但是"微风吹幽松，近听声愈好"，如果没有化作人间雨的立志，那么就会像一朵云，飘向不可知的远方了。

墨 趣

一个字，

就足以显示万有空间的庄严。

一朵花，

就足以显示整个春天的美丽。

一角日光，

就足以显示宇宙的温暖与辉煌。

一片落叶，

就足以显示着秋天飞舞着的萧瑟。

一瓣白雪，

就足以显示了，

大约在冬季的一切信息！

　　在日本，朋友带我去参观一个书道教室，他们正在办展览，教室的四周挂满了书法，是用汉字写的，每一幅书法的尺寸都一样，长三尺，宽一尺半。

　　更有趣的是，所有展出的书法都只有两个字，就是"墨趣"。但字体的差异极大，有大有小，有竖有横，而且正、隶、行、草，无所不包。

　　那些书法字体虽无所不包，而且我也知道全是学生的作品，但从字面上看来，我却仿佛看到每一幅字都是用尽全力似的。我们中国人形容书法之美，常用"力透纸背""铁画银钩""龙飞凤舞"，这些毛笔字全合于这几个形容词，可以看出都是练书法有一段时间之后的作品。

　　主持的人向我们介绍，这一次的展览全是同一次上课的成果，他们规定学生在一小时中只写"墨趣"两个字，除了纸张的尺寸之外，其余的完全自由，但是每个人只有一张纸，写坏了不准涂改，人人只有一次机会。

　　为什么做这样的规定呢？

　　主持人说："那是为了让学生了解思考和专注对于写字的重要。一小时写十个字是容易的，但一小时只写两个字就难了。通常学生会坐在纸前思考很久，落笔时就非常专心，往往能写出比平常时候境界更好的作品。"

　　事前并未对学生说明要展览的事，事后把所有的作品展览出来，学生便可以互相观摩，看看写同样的两个字，别人用什么态度和心情来写，并且可以从字的安排看见字体与空间的关联性。

　　"空间是非常重要的，一个人在写字时了解到空间之美，在生活上就很容易从各层次了解到空间的美了。"主持人对我们说。

　　当我知道在这个书道教室中学书法的学生大部分是中年人时，我更感到吃惊。他们利用空闲时间来练书法，不只是要把字练好而已，而且确信书道有静心的作用。所以一般日本的书道教室不仅教写字，也教静心。每次把文房工具铺在矮桌子上，学生先对着白纸静心一段时间，才开始写字。

　　"心静则字好。"那位白发苍苍的书道教室主人严肃地说，经过翻译，听起来就像格言一样。

　　据老先生说，他们也时常做别种形式的教学。例如让学生不经过静心就开始练字，使学生了解静心对于书道的重要，或者让学生在一小时里写一百字，用以和一小时写两字作比较，使学生了解专注思考的重要性。

　　"一直到学生体会到'静心'与'专注'的重要时，他才可以正确地了解到‘空’并不是一无所有，我们写的是‘书’，而介于字与字间的空才是‘道’。”

从书道教室出来，我的心中颇有感怀。书法原是中国的产物，可是在我国正逐渐没落，甚至连小学的书法课都要取消，在日本竟然还如此兴盛，那是由于日本人把普通的写毛笔字和“道”相结合，并使其有了一个深远的思想与艺术的内涵。

我想到多年以前，与画家欧豪年一起到东京去。欧先生由于写得一手好字，大受日本人崇敬，许多人为了请他在书上题字，甚至排队买他定价上万元的画册。

欧豪年先生告诉我，多年来，他写字、画画的工具全是购自东京银座的“鸠居堂”，不用台湾生产的纸笔墨砚，因为我们在纸、笔、墨的制造上实在远逊于日本。我曾与欧先生同赴鸠居堂，那是一幢专卖书画用具的大楼，有选自世界各地的笔、墨、纸、砚，看得人眼花缭乱。我感叹，日本在短短数十年间，成为世界经济与文化的大国，不是没有原因的。

在全世界地价最昂贵的银座，有专卖笔墨的百货公司，也可见书道之盛。

日本禅学大师铃木大拙曾指出：所有的日本艺术和日本文化最显著的特色，全是来自禅道的基本认识，而且禅道所把握的从内而外展现生命与艺术的能力，正是东方人气质中最特殊的东西。

我十分羡慕日本人在接到中国禅宗的棒子之后，把禅无所不在地融入生活与艺术之中。像建筑、园艺、戏剧、绘画、书法，乃至诗歌、饮茶、武艺等，到处都是禅的影子，我们甚至可以说日本的美学就是"禅的美学"。

在生活里也是一样，日本人似乎不论贫富，都十分注重生活与空间的细节，即使在深山的民居，也都是一丝不苟、纤尘不染，颇有禅宗那种纯粹的、孤寂的味道。

我想可以这样说，日本禅虽传自中国，主体是中国禅的承袭，但他们在"用"的方面做得淋漓尽致，这一点，实在是令人自叹弗如的。

从日本回来后，我每次面对棉纸的时候，就会想，"一小时写两个字"和"一小时写一百个字"是大有不同的，这就好像是人生的过程，散步与快跑也是大有不同的，不过，舒缓一些、专注一些、轻松一些，总是对人的身心比较有益。

我认为，"静心"与"思考"不只对于书道有用，人也应该使"静心"与"思考"成为本分，成为生活的一部分。接待每一刻的时间就好像接待每一位远来的贵宾，要静定心神、清除杂念，把最好、最纯净、最优美的心情拿出来款待名叫

"时间"的这位贵宾，因为它和我们相会只是一刹那，它立刻就要远行，并且永远不会回来接受第二次款待了。

若写字，有这种好心情、庆祝的心情、迎接贵宾的心情，那么每一个字都会有"道"的展现，每一个字都有人格的芳香。

一个字，就足以显示个人生命与万有空间的庄严。

一朵花，就足以显示整个春天的美丽。

一角日光，就足以显示宇宙的温暖与辉煌。

一片落叶，就足以显示秋天飞舞着的萧瑟。

一瓣白雪，就足以显示冬季的一切信息呀！

大地原是纸砚，因缘的变迁则是笔墨，就在我们行住坐卧的地方，便有墨趣。

宇宙万有的墨趣，正是禅的表现；寻常生活的墨趣，则是禅的象征。

在每一个静心的地方、思维的地方、专注的地方、观照的地方，禅意正在彼处。

人人关于生命的纸都一样，长三尺，宽一尺半，只有一张纸，只有一次机会，写坏了不准涂改，所以我们应该坐下来想一想，再来着墨呀！

一步千金

除了眼前这一步，

过去的繁华若梦，

未来的渺如云烟，

都是虚妄而不可把捉的。

一个青年，二十岁的时候，就因为没有饭吃而饿死了。

他到了阎王爷的面前，阎王从生死簿上查出，这个青年应该有六十岁的年寿，他一生会有一千两黄金的福报，不应该这么年轻就饿死。

阎王心想："会不会是财神把这笔钱贪污掉了呢？"于是他把财神叫过来质问。

财神说："我看这个人命格里天生的文才不错，如果写文章一定会发达，所以把一千两黄金交给文曲星了。"

阎王又把文曲星叫来问。

文曲星说："这个人虽然有文才，但是生性好动，恐怕不能在文章上发达，我看他武略也不错，如果走武行会较有前途，就把一千两黄金交给武曲星了。"

阎王再把武曲星叫来问。

武曲星说："这个人虽然文才武略都不错，却非常懒惰，我怕不论从文从武都不容易送给他一千两黄金，只好把黄金交给土地公了。"

阎王再把土地公叫来。

土地公说："这个人实在太懒了，我怕他拿不到黄金，所以把黄金埋在他父亲从前耕种的田地里，从家门口出来，如果挖一锄头就挖到黄金了。可惜，他的父亲死后，他从来没有挖过一锄头，就那样活活饿死了。"

最后，阎王判了"活该"，然后把一千两黄金缴库。

这是一个流行的民间故事，里面含有非常深刻的寓意：一个人拥有再大的福报和文才武略，如果不肯踏实勤劳地生活，都是无用的。

同时还有另一个寓意是：对于肯去实践的人，每一步、每一锄头都值一千两黄金；如果不去实践，就是埋在最近之处的黄金也看不到啊！

其实，这是再简单不过的道理，从前农业社会的人很容易体会到，唯有实践才是唯一的真理，田里的作物是通过不断耕耘实践才一点一滴长成的。空想，或者理论不管多好，都无助于一粒米的成长。

到了现代社会，由于社会的多元，空想的人逐渐增多了，大家总是希望有什么空隙可以不劳而获，有什么方法可以一步登天，那些老老实实工作的人反而被看成傻瓜，只好继续安贫乐道了。

我认识许多在社会中老老实实过日子的人，他们既不知道股票为何物，也不懂得投资置产，时间久了，看到四周许许多多突然暴发的人，心里难免感到不平衡，由于不平衡，也就不安稳了。

例如，我们会听到某人一个晚上请一桌筵席就花了三十几万元。

例如，我们会听到某一个富豪请吃春酒，一请五百桌，数百万元一夜就请掉了。

例如，我们会听到某人包了一架飞机，请亲戚朋友到国外旅行，以炫耀自己的财力。

例如，我们会听到某人到酒店喝酒，放一叠千元大钞在桌上，凡是点烟的、送毛巾的、端盘子的，人人有份，一人赏一千元。

例如，我们会在报纸上看到，一些有钱的人吃完饭一起到赌场消遣，每个人身上都有几千万元。

在这个社会上，确实有许多人一夜的花天酒地所挥霍的金钱，正是那些勤劳工作的人一生所能赚到的总和。而可笑的是，那些腰缠万贯的富豪，缴的所得税可能还少过一个职员。

不过，也不必感到悲伤，因为在时间这一点上，是很公平的。花天酒地是一夜，冥想静思也是一夜。花数十万元过一夜，在时间上与听音乐过一夜是平等的，而在心性的快乐与精神的启发上，可能单纯平凡的日子更有益哩。

使生命感受到丰盈的，不是欲望的扩张，而是心灵深处的触动；使生命焕发价值的，不是拥有多少财富，而是开发了多深的智慧；使人生充满意义的，不是对某一个目标的奔赴，而是每一步都得到心安与落实。

有钱是很好的，有心比有钱更好。

有黄金是很好的，情感有光芒比黄金更好。

有钻石是很好的，真实的爱比钻石更好。

重如千两的黄金是在生活的每一步里展现的，在眼前的一步，如果没有丰盈的心、细腻的情感、真实的爱，那么再多的黄金也只成为生命沉重的背负。

除了眼前这一步、当下这一念心，过去的繁华若梦，未来的渺如云烟，都是虚妄而不可把捉的呀！

我似昔人，不是昔人

生命的经验没有什么是真的，

因为真的如梦如幻。

也没有什么是假的，

因为假的又是刻骨铭心。

在走过了之后，

真假只是一种认定呀！

1

憨山大师有一年冬天读《肇论》，对里面僧肇大师谈到的

"旋岚偃岳而常静，江河竞注而不流"感到十分疑惑，心思惘然。

又读到书里的一段——有一位梵志，从幼年出家一直到白发苍苍才回到家乡，邻居问梵志说："昔人犹在耶？"梵志说："吾似昔人，非昔人也。"憨山豁然了悟，说："信乎！诸法本无去来也！"

然后，他走下禅床礼佛，悟到无起动之相，揭开竹帘，站立在台阶上，忽然看到大风吹动庭院里的树，飞叶满空，却了无动相，他感慨地说："这就是'旋岚偃岳而常静'呀！"他又看到河中流水，了无流相，说："此'江河竞注而不流'呀！"于是，"去来生死"的疑惑，从这时候起完全像冰雪融化一样，他随手作了一首偈：

> 死生昼夜，水流花谢。
>
> 今日乃知，鼻孔向下。

2

我每一次想到憨山大师传记里的这一段，都会油然地感动不已，它似乎在冥冥中解释了时空岁月的答案。

表面上看，山上的旋岚、飘叶、飞云，是非常热闹的，但是山本身却是那么安静；河中的水奔流不停，但是河的本质并没有什么改变。人的生死，宇宙的昼夜，水的奔流，花叶的飘零，都像是这样，是自然的进程罢了。

这就是为什么梵志白发回乡，对邻居说："我像是从前的梵志，却已经不是以前的梵志了。"

岁月在我们的身上毫不留情地写下刻痕。每一次揽镜自照的时候，我们都会慨然发现，我们的脸容苍老了，我们的白发增生了，我们的身材改变了，于是，不免要自问："这是我吗？"

这就是从前那个才华洋溢、青春飞扬、对人世与未来充满热切追求的我吗？

这是我，因为每一步改变的历程，我都如实地经验，我还记得自己的十岁、二十岁、三十岁，记得一步一步的变迁。

然而这也不是我，因为我的外貌、思想、语言都已经完全改变了。如果遇到三十年前的旧友，他可能完全不认得我，或许，如果我在街上遇见十岁时的自己，也会茫然地错身而过。

时空与我，在生命的历程上起着无限的变化，使我感到惘然。

那关于我的，究竟是我吗？不是我吗？

3

有一次返乡，在我就读过的"旗山国小"大礼堂演讲，我的两个母校——"旗山国民小学"、旗山初中都派了学生来献花，说我是杰出的校友。

演讲完后，遇到了我的一些小学和中学的老师，我简直不敢与他们相认，因为他们都老得不是原来的样子了。当时我就想，他们一定也有同样的感慨吧！没想到从前那个从来不穿鞋上学的毛孩子，现在已经步入中年了。

一位二十年没见的小学同学来看我，紧紧握着我的手说："二十年没见，想不到你变得这么老了！"——他讲的是实话，我们是两面镜子，他看见我的老去，我也看到了他的白发，荒谬的是，我们都确信眼前这完全改变的同学，是"昔人"，却自信自己还是从前的我。

一位小学老师说："没想到你变得这么会演讲呢！"

我想，小时候我就很会演讲，只是发音不标准，因此永远没有机会站上讲台。不断的挫折与压抑的结果就是，我变得忧郁，每次上台说话就自卑得不得了，甚至脸红心跳说不出话来。

连我自己都不能想象，二十几年之后，我每年要做一百多次大型演讲，当然，我的老师更不能想象了。

我不只是外貌彻底地改变了，性格、思想也不再是从前的自己。但是，属于童年的我，却是旋岚偃岳、江河竞注，那样清晰、充满动感。

4

今年过年的时候，我在家里一张被弃置多年的书桌里，找到了童年和少年时代的一些照片，黑白的，泛着岁月的黄渍。

我坐在书桌前，专注地寻索着那些早已在岁月之流中逝去的自己，瘦小、苍白，常常仰天看着远方。

那时在乡下的我们，一面在学校读书，一面帮家里的农事，对未来都有着茫然之感，只知道长大一定要到远方去奋斗，渴望有衣锦还乡的一天。

有一张照片后面，我写着：

男儿立志出乡关，学业无成誓不还。

那是初中三年级，后来我到台南读高中，大学考了好几次，有一段时间甚至灰心丧志，觉得天下之大，竟没有自己容身的地方。想到自己十五岁就离家了，少年迷茫，不知何往。

还有一张是高中一年级的，背后竟写着：

我是谁？

我从哪里来？

要往哪里去？

在人群里，谁认识我呢？

我看着那些照片，试图回到当时的情境，但情境已渺，不复可追。如果我不写说明，拿给不认识从前的我的朋友看，他们一定不能在人群里认出我来。

坐在地板上看那些照片，竟看到黄昏了，直到母亲跑上来说："你在干什么呢？叫好几次吃晚饭，都没听见。"我说在看从前的照片。"看从前的照片就会饱了吗？"母亲说，"快！下来吃晚饭。"

我醒过来，顺随母亲下楼吃晚饭。母亲说得对，这一顿晚饭比从前的照片重要得多。

5

这二十年来，我写了五十几本书。由于工作忙碌，很少回乡，哥哥姊姊竟都是在书里与我相见。

有一次，姊姊和我讨论书中的情节，说："你真的经历过这些事吗？"

"是的。"我说。

"真想不到，我的同事都问我，你写的那些是不是真的，我说我也不知道呀！因为我的弟弟十五岁就离家了。"

有时候，我出国也没有通知家里的人。那时在《中国时报》当主编，时常到国外去出差，几乎走遍了半个地球。

亲戚朋友偶尔会问：

"这写埃及的，是真的吗？"

"这写意大利的，是真的吗？"

我的脸上并没有写过我到过的国家，我的眼里也无法映现生命中那些私密经验的历程，因此，到后来连我自己也会问自己："这些都是真的吗？"

如果是假的，为什么如此真实？

如果是真的，现在又在何处呢？

生命的经验没有一段是真的，也没有一段是假的，回想起来，真的是如梦如幻，假的又是刻骨铭心，在走过了以后，真假只是一种认定。

6

有时候，不肯承认自己四十岁了，但现在的辈分又使我尴尬。早就有人叫我"叔公""舅公""姨丈公""姑丈公"了，一到做了"公"字辈，不认老也不行。

我是怎么突然就到了四十岁呢？

不是突然！生命的成长虽然有阶段性，每天却都是相连的。去日、今日与来日，是在喝茶、吃饭、睡觉之间流逝的。在流逝的时候并不特别警觉，但是每一个五年、十年就仿佛是特别湍急的河流，不免有所醒觉。

看着两岸的人、风景，如同无声的黑白默片，一格一格地显影、定影，终至灰白、消失。

无常之感在这时就格外惊心，缘起缘灭在沉默中，有如响雷。

生命会不会再有一个四十年呢？如果有，我能为下半段的生命奉献什么？

由于流逝的岁月，似我非我，未来的日子，也似我非我，只有善待每一个今朝，尽其在我地珍惜每一个因缘，并且深化、转化、净化自己的生命。

7

憨山大师觉悟到"旋岚偃岳而常静，江河竞注而不流"的时候，是二十九岁。

想来惭愧，二十九岁的时候我在报馆里当主笔，旋岚乱动，江河散流，竟完全没有过觉悟的念头。

现在懂了一点点佛法，体验了一些些无常，观照了一丝丝缘起，才知道要做一个不受人惑的人是多么艰难。幸好，选到了一双叫"菩萨道"的鞋子，对路上的荆棘、坑洞，也能坦然微笑地迈过了。

记得胡适先生在四十岁时，曾在照片上自题"做了过河卒子，只好拼命向前"。我把它改动一下——"看见彼岸消息，继续拼命向前"，作为自己四十岁的自勉。

但愿所有的朋友，也能一起前行，在生命的流逝、因缘的变迁中，都能无畏，做不受人惑的人。

休恋逝水

一个人能坚持生命的风格，

扮演好生命中各自不同的角色，

时时心存大我之念，

以平常心面对世界，

就是菩萨道的真精神！

　　姚仁喜、任祥邀请我到他们负责的大元建筑及设计事务所演讲。演讲前，任祥在电话中告诉我，将请她的母亲顾正秋来为我做引言。我听了颇感愧不敢当，因为顾正秋女士是我非常敬佩崇仰的人，在我们的"国剧"界，数十年来没有人的成就超过她，毫无疑问，她是当代的"国宝"。

　　我和顾正秋女士曾有一面之缘，是在数年前同时得到"国家文艺奖"的时候，我得的是"散文奖"，顾女士得的是"特别贡献奖"。当时匆匆照面，加上颁奖的场面严肃，故没有趋前表达我的敬佩之意。

　　为什么我会特别敬佩顾正秋女士呢？

　　一来是因为她在"国剧"上的成就。我因幼年居住乡间，对于"国剧"几乎是"剧盲"，但后来在报社主编"艺文版"，常有机会接触"国剧"界的朋友，几乎人人都夸赞她曾为台湾的"国剧"艺术奠立了深厚的基础，而有志于"国剧"的青年，都以她为典范。我觉得，一个人要做到外行人都叫好捧场是比较容易的，要做到同行都竖起拇指赞誉，必然有极杰出的地方。这也使得她在一九八八年为"中华电视台"录制电视"国剧"时，我曾用心地在电视上欣赏她的表演，虽然我还是不懂"国剧"，但可能由于用心的关系，便也颇能体会"国剧"那种高华抽象之美，我也看出，只要顾正秋女士一上舞台，整个舞台便充盈而有了动人的因素。

　　二来是因为我曾读过顾正秋女士的传记，发现她实在是一个非凡的人。她十一岁就进入上海剧校学戏，先后得到程砚秋、黄桂秋、魏莲芳、朱琴心、陈桐云、张君秋、梅兰芳的熏陶，成为海峡两岸剧界集最多名师于一身的青衣祭酒。

她二十岁时就组了自己的剧团"顾剧团",红遍大江南北。

民国三十七年,顾正秋率剧团来台湾。她在永乐戏院唱戏,每逢周日早场,为劳军义务演出,长达五年之久,并且多次到前线为军队演出,不仅对本省的"国剧"有开荒播种之功,对于安抚人心、鼓舞士气,也有极大的贡献。这样无私的奉献与付出,颁给她最高的勋章,实不为过。

但是,我觉得顾正秋女士所得的最高勋章,应该颁给她扭转了一般人对于演艺人员的固定形象,建立了一个演员的崇高形象。另一个应该颁给她勋章的原因是,在演剧事业最巅峰的时候,她为了爱情,急流勇退,于一九五一年与任显群先生结婚,甚至到金山去经营农场,过着平凡的主妇生活。

任祥在一篇《休恋逝水》的文章里,曾回忆童年时在金山的生活,十分感人——

我们在金山农场的家,是没有邻居的。半山腰孤零零的四五间砖砌的房子,屋顶盖的是茅草,光线也不好。

那时候,农场还没有电,晚上点的是马灯,吃用的水也都需用明矾沉淀过。台风来的时候,母亲总和父亲守在窗口,担心屋顶被风刮下来,或田里的作物被风雨打坏了。天气好的时候，母亲忙里忙外，也常拉着我的手到田里探望女工工作，和她们聊聊天……父亲有一部下雨会漏水的老吉普车，有时黄昏后也会载着母亲和我们三个孩子到台北看看朋友，买些日常用品。

山上的雾很大，一过傍晚就一片雾茫茫，几乎看不清自己伸出的手。

我印象最深刻的画面是父亲开着车子，母亲不停地用抹布帮着擦拭车窗上的雾水，也不时地把头伸出窗外看路，我们一家人就这么一晃一晃地回到了半山腰的家。

很难想象，曾经在戏台上拥有过无数掌声的人，突然之间过着最平凡的生活，无怨、无悔。

这不就是一般人终生都在追求的"平常心"吗？

平常心要说是很容易的，但是要身体力行，就必须要有非凡的毅力和不凡的人格才能达到。

这样一位令人敬佩的长者，现在竟站在讲台上说是我的忠实读者，使我既感动又惭愧。

任祥对我说："我妈妈读了你的三十几本书，对你是非常了解的。”

演讲完后，与顾正秋女士聊天。

她非常自谦，说心里十分向往佛道，但可能由于慧根不够，总是觉得那些高深的佛法无法理解。我却觉得她对佛法有很好的体验，因为佛法说的无非是“一切有为法，如梦幻泡影，如露亦如电，应作如是观”。

顾正秋女士演过无数的戏剧，出入于如梦如戏之中，早以平常心看清了人生世相。

佛法讲的也无非是“知苦、断集、慕灭、修道”之理，近年遍尝“爱别离”苦痛，对人生幻景的了解与体会定非常人可及，如今她还充满活力地生活着，这不就是最真实的佛法吗？

佛法不只是为逃避人生之苦的人而存在的，佛法更是为那些在生命中搏斗、永远怀抱希望的人而存在的。

和顾正秋女士的一席谈话，使我们亲近了不少，因此我改称她“顾阿姨”。

临别的时候，顾阿姨送我一套印刷极精美的画册，回来后仔细捧读，读到了几篇她朴实的回忆文章，也读到了几篇极感人的、任祥写母亲的文章，特别感动我的是《休恋逝水》，是取自《锁麟囊》一剧中的戏词，这戏词不仅优美，也引人深思，我把它抄录在这里：

> 一霎时把七情俱已昧尽，参透了酸辛处，泪湿衣襟。我只道，富贵一生注定，又谁知人生数顷刻分明。想当年，我也曾撒娇使性，到今朝，哪怕我不信前尘，这也是老天的一番教训。它敦我收余恨，免娇嗔，且自新，改性情，休恋逝水，苦海回生，早悟兰因，可怜我平地里遭此贫困，我的儿啊——

这样的寓意使人想起《红楼梦》的结局，"休恋逝水"，就是禅师所说的"看脚下""活在眼前""活在当下"，因为生活、生命、时间、空间就像一条大河向前流去，唯有这一刻才是真实的。"两次伸足入水，已非前水"，我们所站立的姿势，这一刻，最值得体验，里面就隐藏着生命最大的秘密呀！

一九八七年，顾正秋女士为"国家剧院"落成首演，并正式宣布告别舞台，她当时选的戏码是生平从未演出的《新文姬归汉》，很多人问她："为什么最后一次演出，选的是第一次表演的戏呢？"

她的回答是："简单地说就是有结束也有开始，象征着生生不息吧。我个人的戏剧生涯结束了，但希望有更多的后辈仍在舞台上为传统'国剧'献身，努力把'国剧'的香火延续下去。"

这是多么澄明的观点！

每一波逝水的终点就是起点，生命是生生不息的。

在我们身边，许多人都用他们最宝贵的生命来为我们演出佛法。从顾阿姨的身上，我看到，一个人能坚持自己生命的风格，扮演好在生命中不同的角色，时时心存大我之念，以平常心面对世界，就是菩萨道的真精神！

分别心与平等智

人生的黑夜也没什么不好，

愈是黑暗的晚上，

月亮与星星就愈是美丽了。

如果不是雪山的漫漫长夜，

佛陀怎么会看见天边明亮的晨星呢！

番薯的见解

朋友告诉我一个真实故事，说他的两个孩子太好命了，这也不吃，那也不吃，因此，吃饭时间就成为父母的头痛时间。

朋友出生于台湾光复初期，每到用餐时间就不免唠叨："我们小时候哪有这么好命？连饭都没得吃，三餐都是番薯配菜脯。你们现在有这么多菜还不吃，真是够挑剔！"

唠叨的次数多了，小孩子都不爱听。有一天，他又在继续"念经"，大儿子就说："爸爸，番薯真的那么难吃吗？我甘愿吃番薯，也不吃这些大鱼大肉。"小女儿也说："甘愿吃菜脯！"

朋友生气了，第二天真的跑去市场，找半天才找到烤番薯，又买了一些萝卜干，晚餐就吃番薯配菜脯。

两个孩子吃了吓一跳，在爸爸嘴里吃"番薯配菜脯"是恐怖的事情，没想到吃起来却那么好吃。两人商议半天，一起对爸爸说道："爸爸，番薯真好吃，我们以后可不可以每天吃番薯配菜脯？"

番薯本身是没有好吃或不好吃之说的，由于个人经验的不同，个人观点的差异而生起差别的心。

就在不久之前，我到阳明山的日月农庄去，看到有人卖烤番薯，每十五分钟才能开缸一次，每次一开缸，番薯立刻就卖完。我带着孩子排了四十五分钟才买到，一斤五十元，说起来真是难以置信。为什么要排那么久的队呢？因为有许多孩子什么山珍海味都不吃，只吵着要吃烤番薯。

"哇！这番薯够香够好呀！"这样的赞叹此起彼伏。

不准礼佛

星云法师在大陆当学僧的时候，发现在大陆的佛学院里，训导处每遇到学生犯错，就处罚他们去拜佛忏悔，譬如说"罚你拜佛一百零八拜"。或者处罚学生跪香——别的学生都睡觉时不准睡，要在佛前跪几炷香，悔过完了才可以就寝。

久了之后，学僧将拜佛和跪香都视为畏途，还是少年的星云法师感触很深：拜佛与跪香是何等庄严欢喜的事，怎可用来处罚学生呢？

后来，他在佛光山办丛林学院，有犯错的学生，就规定他们不准做早晚课、不准拜佛。每次别的学生在做早晚课或拜佛时，就罚他们站在大殿外看，就是不准礼佛。被罚的学生心里着急得不得了，虽然身不能拜，心也就跟着拜了。要是碰到犯错比较轻微的学生，就处罚他们提早就寝，躺在床上不可起床。学生们在床上翻来覆去睡不着，想到别人都在用功办道，心里就忏悔得不得了。

一旦不准拜佛的学生解禁，准予拜佛了，往往热爱拜佛，拜得涕泪交零；一旦不准跪香、只准睡觉的学生解禁，往往在佛菩萨面前流泪忏悔，再也不敢贪睡、贪玩了。

当星云法师的弟子告诉我这个故事时，我非常感动，这也就是星云法师之所以成为"星云大师"的原因了。

大师的诞生，原非偶然。

蟑螂与福报

我们在家里不杀蚊虫和蟑螂，原因是我们认识到蚊虫、蟑螂乃是"业"的呈现，不是偶然的。

但是蚊虫易于防范，只要注意纱门、纱窗就可以免于侵扰。蟑螂却不行，它们无所不在，或从花圃或从水管里爬出来，与我们共同生活。不过，只要把它当作蝉或蝴蝶之类，也就相安无事了。

比较不好意思的是有客人来的时候，它们依然会在家里走来走去，大摇大摆，有时会吓到客人，因此每次客人来的时候，我就昭告家中蟑螂："今天有客人，你们暂时躲一躲，等客人走了，再出来吧！"

蟑螂很通人性，经常会给我面子。

但是，偶有出状况的时候。有一次，三位西藏喇嘛来家里做客，有两只蟑螂大摇大摆地爬过桌子，我示意它们快躲起来，它们却充耳不闻。正尴尬的时候，一位喇嘛说："林居士，你是很有福报的人呀！"

我正感到迷惑，他说："在大陆西藏、尼泊尔、印度、拉达克这些地方，由于蟑螂少，家里有蟑螂是象征那一家人有福报，如果没有福报，蟑螂都懒得去呢！"

从此，我对家里的蟑螂更客气，看它们奔跑，我说："嘿！走慢点，别摔跤了！"看到蟑螂掉在马桶里，我把它捞起来，说："游泳的时候要小心呀！"——我总是记着：我是有福报的人，所以它们才愿意来投靠我。

有一次，家里重新刷油漆，油漆工翻箱搬柜，工作了一星期，当工作结束时，工头一面收钱，一面向我邀功说："林先生，这一星期我至少帮你踩死一百只蟑螂。"

我听了怅然悲伤，说："哎呀！你好残忍，我养了好几年蟑螂才养到一百多只呢！你一星期就踩死了一百只。"

工头愣在那里，很久说不出话来。

分别心

我们凡夫对世间万象总会生起分别的执着，对现前的事物产生是非、善恶、人我、大小、美丑、好坏等种种的差别观感，这种取舍分别的心正是障碍佛道修行的妄想情执，这种心也称为"执着心""涉境心"。

依照《摄大乘论》的说法，凡夫所起的分别，是由迷妄所产生的，与真如的理不相契合，如果要得到"真如的心"，就必须舍离凡夫的分别智，依无分别智才行。

菩萨在初地入见道的时候，缘一切法的真如，超越"能知"与"所知"的对立，才可能获得平等的无分别智，所以才说："大道无难，唯嫌拣择。"

"分别心"的对待是"平常心"，平常心不是没有是非、善恶、人我、大小、美丑、好坏的智觉，而是以心为主体，不被是非、善恶、人我、大小、美丑、好坏所转动、所污染。

让我们再来复习一下马祖道一和南泉普愿禅师的话——

道不用修，但莫污染。何为污染？但有生死心，造作趋向，皆是污染。若欲直会其道，平常心是道。谓平常心无造作、无是非、无取舍、无断常、无凡无圣。

道不属知，不属不知；知是妄觉，不知是无记。

若真达不拟之道，犹如太虚廓然洞豁，岂可强是非也。

平等智

《法华经科注》说：

> 平等有二：一法平等，即大慧所观中道理也；二众
> 生平等，谓一切众生皆用因理以至于果，同得佛慧也。

"平等"是佛教里最重要的思想，所以，佛陀经常勉励菩萨，要有平等心、平等力、平等大悲、平等大慧，然后由平等观、平等觉、平等三业证入平等性智、平等法身。

《华严经离世间品》里说菩萨有十种平等：一切众生平等、一切法平等、一切刹平等、一切深心平等、一切善根平等、一切菩萨平等、一切愿平等、一切波罗蜜平等、一切行平等、一切佛平等——"菩萨若安住此法，则得一切诸佛无上平等之法。"

《大方等大集经》则举出众生的十种平等：众生平等、法平等、清净平等、布施平等、戒平等、忍平等、精进平等、

禅平等、智平等、一切法清净平等——"众生若具此平等，
能速得入无畏之大城。"

平等，是一切众生入佛智的不二法门，"不二"，也是平等。

平等，也是一切菩萨修行、契入大悲与大智的不二法门。

无相大师

从前有一位无相大师，收了两位弟子，一位敏慧，一位
愚鲁。

无相大师平常教化弟子常说："修行人最重要的就是宁做
傻瓜。"

两位弟子都谨记在心。

有一天下大雨，寺庙的大殿好几处漏雨，无相大师呼唤
弟子说："下大雨了，快拿东西来接雨。"

敏慧的弟子提着一个小桶冲出来，师父看了很生气："下
这么大的雨，你提这么小的桶怎么接？真是傻瓜！"弟子听
了很不高兴，桶一放，就跑了。

愚鲁的弟子匆忙间找不到桶子，随手取了一个竹篓冲出
来，师父看了又好气又好笑，就笑着说："你真是天下第一号

大傻瓜，有漏洞的竹篓怎么能接雨呢？"弟子看到无相大师笑得那么开心，又想到师父平常的教化——修行人最重要的就是宁做傻瓜，心想：现在师父说我"天下第一号大傻瓜"不是最大的赞美吗？一时心开意解，悟到应以"无漏心"来接天下的法雨，立即证入平等性，因此就开悟了。

黑夜的月亮与星星

在人生里也是这样，要有无漏的心，要有平等的心，那些被欲望葛藤所缚、追名逐利、藐视众生之辈，或者看我是傻瓜，但无所谓，因为"愚人笑我，智乃知焉"。

半杯水，可以看成半空而惋惜，也可以看成半满而感到无比庆幸。

天下没有最好吃的食物，饥饿的时候，什么食物都好吃。

天下也没有最好的处境，心情好的时候，日日是好日，处处开莲花！

天下没有最能开启觉悟的情与境，有清净心，平等看待生命的每一步，打破分别的执着，那就是觉悟最好的情境。

在不能进的时候，何妨退一步看看？

在被阻碍的路上，何妨换一条路走走？

在被苦厄围困时，何妨转个心境体会体会。

天下没有永远的黑夜呀！黎明必在黑夜之后，那时就会气清景明，繁花盛开了。

人生的黑夜也没什么不好，愈是黑暗的晚上，月亮与星星就愈是美丽了。如果不是雪山的漫漫长夜，佛陀怎么会看见天边明亮的晨星呢！

步步起清风

这个世界上，

有许多人可以告诉我们远方的美景，

却没有一个人，

能代替我们走茫茫的夜路。

我们的脚下虽是方寸，

方寸里自有乾坤。

我很喜欢禅宗的一个公案——

五祖法演禅师门下有三个杰出的弟子，佛果克勤、佛鉴慧勤、佛眼清远，时人号称"三佛"。

有一天，法演带着三个弟子，在山下的凉亭夜话，回寺的时候，灯突然灭了。在黑暗中，法演叫每一位弟子说出自己的心境。

佛鉴说："彩凤丹宵。"

佛眼说："铁蛇横古路。"

佛果说："看脚下！"

法演当场给佛果印可说："将来传扬我的宗风只有你呀！"

后来，佛果克勤禅师果然宗风大盛。

我喜欢这个公案，首先是因为它直截了当。一个人在无灯的黑夜走路，不必思维，只要看脚下就好。其次，我喜欢它的明白平常。简单的三个字，就说明了禅的根本精神是在站立的地方安身立命，没有比脚下更重要的地方了，因为一失足就成千古恨。

"看脚下"虽然如此简明易懂，却意味深长。六祖所说的"密在汝边"，祖师所说的"会心不远"，都是在说明真正美妙的心灵经验，不必到远处去追求。可惜大部分的人，都是舍弃了心灵的空地，去追求远处的境界，那就无法做到"即心是道场"，不能即刻点起已被风吹熄的烛火，继续前进。

不能看脚下的人，自然不能立定脚跟，这在禅宗里叫作"脚跟未点地"，也叫作"脚下生烟"，一个人的脚下如果生起烟雾，便无法落实真切的生命，就好像腾云驾雾地过着虚妄的生活。

有时候我到寺庙里参访，就会看见在门槛的柱子上或在容易跌倒的阶梯上，贴着"看脚下"三字，顿时心里一阵感动，有一种体贴之感，因为那时如果不看脚下，立刻就会跌倒了。

"看脚下"其实包括了禅宗几个重要的精神。第一个精神是要活在当下，不活在过去与未来之中。人生的忧恼，大部分是来自过去习气的牵绊，以及对未来欲望的企图。如果时刻活在现前的一境，忧恼立即得到截断。例如喝茶的时候，如果专注于喝茶，不心思外驰，立刻可以得到专注之境。这不只是开悟的境界，一般人也可以领受和体验。

马祖道一禅师开悟以后，声名大噪，他未出家前结交的几位老朋友，对马祖的开悟半信半疑，于是相约一起去见马祖，并且沿路想一些问题去请教请教。

这几位农民出发不久，就看见一只老黄牛绑在大树上，鼻子穿了一根绳子。黄牛由于不能走远，就绕这棵树行走，最后鼻子碰在树上，又往反方向绕，越转越紧，鼻子又碰在树上了。其中一位就说："我们就拿这件事去请教马祖好了。"

再往前走不久，突然看见一只秋蝉飞来，脚跟被蜘蛛丝粘住了，飞不过去，心里一着急，"吱吱"大叫。蜘蛛看见秋蝉粘在树上，立刻赶过来要吃它，在这生死关头，秋蝉奋力一冲，"呼"一声，离开蛛丝飞走了。其中一位说："我们再用这件事去请教马祖。"

最后，他们见到马祖，第一位就问说："如何是团团转？"

"只因绳子不断。"

"绳子断了，又如何？"

"逍遥自在去也！"

马祖的老朋友听了都很吃惊：马祖明明没见到老牛，怎么知道我们问的是什么呢？

第二位又问："如何是'吱吱'叫？"

"因脚下有丝！"

"丝断了，又如何？"

"'呼'地飞去了！"

马祖的老朋友当下都得到了开启。

使人生不能自在的，是由于过去习气的绳子拉着我们团团转；使我们不能自由的，是情丝无法斩断。如果能回到脚下，一念不生，就自由自在了。

"看脚下"的第二个精神，是以平常心过日常生活。例如经常教人参"无"字公案的赵州禅师，每每对初来的人说"吃茶去！""吃粥也未？"马祖道一说"吃饭时吃饭，睡觉时睡觉"，百丈怀海说"一日不作，一日不食"，都是在示人，以圆融的态度来过平常的生活，而不是去追求不着边际的开悟。

"看脚下"是以平等的态度来对待生活里的一切，不为某些特殊的目的而放弃对历程的深思与体验，在每一个朝夕，都能"不离当处湛然"，如果喝茶吃粥时有湛然清明的心，其尊贵至高并不逊于人间伟大的事功。

《六祖坛经》一开始就说：

> 于一切时中，念念自见，万法无滞，一真一切真，万境自如如。如如之心，即是真实。若如是见，即是无上菩提之自性也。

在每一刻的真实中，万法的真实即在其中，"掬水月在手，弄花香满衣"，"掬水"或"弄花"是平常而平等的，明月在手、花香满衣就变得十分自然。如果不能善待眼前的片刻，不就像以手捉月、舍花逐香吗？哪里可得呢？

"看脚下"的第三个精神，是以法为灯，以自为灯，去除依赖的心。

山中的烛火熄了，要照看自己的脚下，要以自己的眼睛和心灵为灯，小心地走路。这个世界上虽有许多人可以告诉我们远处美丽的风景，却没有一个人能代替我们走茫茫的夜路。

只要点燃心中的灯，一心一意地生活下去，便可以展现充实的生命。一般人无法见及生命的丰盈，不能免于恐惧，只缘于没有脚跟着地罢了。

我们的灯如果燃起，就可以照看到"看脚下"的最高境界，即云门禅师所说的"日日是好日"，不管晴、雨、悲、喜，身心都能安然，甚至连心痛的时刻，都能知道明日可能没有心痛之境而坦然欢喜。

"日日是好日"，表面上是"每天都是黄道吉日"的意思，但内在里更深切的意义是"不忧昨日，不期明日"，是有好的心来看待或喜或悲的今天，是有好的步伐去穿越每日的平路或荆棘，那种纯真、无染、坚实的脚步，不会被迷乱与动摇。

在喜乐的日子，风过而竹不留声；在无聊的日子，不风流处也风流；在苦恼的日子，灭却心头火自凉；在平凡的日子，有花有月有楼台——随处做主，立处皆真，因为日日是好日呀！

"看脚下"真是一句韵味深长的话，这是为什么从前把修行人走的路叫作"虎视牛行"——有老虎一样炯炯的眼神和牛一般坚实的步伐——也叫作"华严狮子"——每一步都留下深刻的脚印。

从远的看，人生行路苍茫，似乎要走很多的步幅；从近的看，生死之间短促，只是一步之间，在每一步里，脚底都有清凉的风，则每一步都不会错过。

那么，不管灯熄灯亮，不管风雨雷电，不管高山深谷，回来看脚下吧！脚下虽是方寸，方寸里自有乾坤。

好香的臭豆腐

我们要有更广大的包容、更多元的心来容忍世间
的异见，

因为兰花虽香，

但海边有逐臭之夫！

路过一家小店，看到招牌上写了几个大字——"好香的
臭豆腐，好烂的大肚面线"，就像对联一样，上面还有一个横
批，写着"欢迎品尝"。

我站在那个招牌前面凝视了很久，虽然我不喜吃臭豆腐
和大肚面线，但仍然为这个别出心裁的招牌而感叹。

臭豆腐，顾名思义，当然是臭的，而且愈臭愈好，然而

奇特的是，臭豆腐的香臭只是一种认定，嗜食其味的人，会把"臭"当作"香"，因而臭豆腐即是香豆腐。在某种情况下，臭豆腐与鸡屁股似乎是同类的东西，有时候路过街头，看人卖鸡屁股，五个一串、十个一串，也会感到大惑不解。屁股原是拉杂之所，嗜食的人却觉得其香无比，否则怎么能一次五个、十个地吃呢？

延伸其义，我们对于那些味道奇特的事物也可说是"好香的榴梿""好香的起士""好甜的苦茶""好清的苦瓜""好香的辣椒""好吃的鹿尿"（鹿尿是一种台湾食品，即腌渍蒜头，日据时代腌于鹿尿或马尿中而得名）。

"好烂的大肚面线"也是如此。烂，本来是个不好的字眼，在《吕氏春秋》里是"过熟"的意思，《淮南子》里说是"腐败"的意思，《左传》里说是"火伤"的意思。但是"灿烂""烂漫"，也是同一个"烂"，却是象征光明之极致，说是"异色兮纵横，奇光兮烂烂"（《魏书·袁翻传》）。

"烂"用在大肚面线也是恰当不过的，想来大肚面线如果不烂，一定是不好吃的。

我对大肚面线没有什么印象，对臭豆腐则是印象深刻的，因为从前居住在木栅的时候，巷口就有一摊卖臭豆腐的小贩，也是"好香的臭豆腐"之流，由于巷口是唯一的通道，因此，我几乎是"无所遁逃于天地之间",每日只好掩鼻而过。在路过时看到食客众多,乐享美味的时候,我感到大惑不解。

我大概是天生比较中庸的那种人,对于生命中极端的事物向来没有尝试的勇气,臭豆腐即其一端,所以天天路过,有两年之久,竟从未坐下来吃一块臭豆腐。

后来在杂志上读到臭豆腐的做法,是把硬豆腐泡在腐鱼、腐肉和烂了的高丽菜叶中发酵做成的(当然还有别的做法,不过只有这种方法才是正统的遵古法制)。再加上油炸臭豆腐的油要和臭豆腐匹配,常常是炸几个月不换油,卫生堪忧。这两点,光是想起来就恐怖至极,从此更没有勇气吃臭豆腐了。

我第一次在台北吃臭豆腐,是和新象活动中心的负责人许博允一起。许博允对食物和音乐都极有冒险犯难的精神。有一次他约我到东门临沂街上的"小白屋"吃夜宵,他叫了一盘清蒸臭豆腐,端上来的时候我大吃一惊,因为那清蒸的臭豆腐饱满得像白玉一样,米色中透着一层淡淡的绿,上面撒了香菜末。

看了令人食指大动。但我想到腐鱼、腐肉的制作方法,还是不敢吃。许博允当场把老板拉来,跟我解释他们做的臭豆腐绝对干净安全,他们俩并拍胸脯保证,我才举箸吃了一些。哎哎!真是滋味不凡,风味难以形容。

从此我竟然上瘾了。那时我住在临沂街，离小白屋餐厅只有五分钟的路程，几乎平均一星期吃两三次清蒸臭豆腐，才稍稍理解了在街上吃臭豆腐者的心情。

这世界的香臭美丑并没有一定的道理呀！天下之至臭不是臭豆腐，在《吕氏春秋·遇合》里说："人有大臭者，其亲戚兄弟妻妾，知识无能与居者，自苦而居海上，海上人有说其臭者，昼夜随之而弗能去。""说"即是"悦"，有的人臭到亲戚朋友都不能忍受，只好自己住在海上，偏偏海上有人喜欢他的臭味，白天夜晚都追随他而离不开。曹植因而感慨地说："兰茝荪蕙之芳，众人之所好，而海畔有逐臭之夫！"

从"好香的臭豆腐"里，我们可以思考到生命一个严肃的课题，就是我们不应以僵化固定的眼睛或思维来观世界。我们要有更广大的包容、更多元的心来容忍世间的异见，因为兰花虽香，是众人所爱，但海边也有逐臭之夫！

梦奇地

睡眠，

是关于死亡的练习。

梦境，

是关于来生的练习。

夜晚，

是关于温柔的练习。

种种练习都做好了，

就叫作"至人无梦"。

1

台北有一家大型的玩具连锁店，名字叫"梦奇地"，我偶尔会带孩子去看那些来自世界各地的玩具。我觉得玩具是梦想，也是魔幻，反过来看，有时候人生的一些情节也像玩具一样。

我问孩子："为什么这家玩具店叫'梦奇地'呢？"

他说："这表示是充满梦幻和奇想的地方。"

但是，看到这三个字，我时常想到的是：梦是奇怪的地方。

梦，也确实是奇怪的地方。有的人说"人生如梦"，有的人说"人生如戏"，到底人生是更接近梦，还是更接近戏呢？或者，人生像是一家玩具店，充满了梦想与奇戏，我们在里面不容易觉察到它只是一家玩具店，就像儿童走进玩具店一样，过度投入了。

因买不到玩具而赖在地上打滚号哭过的人，只有在走出店铺时才会发现，为买一个玩具而哭，实在是荒诞的。买到玩具的开心，也不能维持太久，因为只要是玩具，很快就会腻了。但，偶尔去玩具店，偶尔有游戏的心，偶尔在白日里做些梦，总是好的。

2

因此，我很感恩人有夜晚。人需要睡眠，人还可以有梦，如果一天二十四小时都是白天，都需要工作，都要面对血淋淋的人世，那是多么可怖呀！

睡眠，是关于死亡的练习。

梦境，是关于来生的练习。

夜晚，是关于温柔的练习。

种种练习都做好了，就叫作"至人无梦"。

3

做无梦的至人是很好的，但凡人有梦也好，有平衡作用。

在噩梦中惊醒，吓了一身汗，说："还好是梦，我的环境都在噩梦里发生过了，我的业障在梦中清洗了，现实生活一定不会这么糟了。"这样，对于苦境就不会执着。

在好梦里依依不舍地醒来："呀！可惜是梦，人间的好，也如是了。"那么，对于喜风就不容易倾动。

"梦里明明有六趣，觉后空空无大千"，这是禅家的开悟之语，很好。于真切的人生中，有可能是"生活明明有六趣，梦中空空无大千"，也未尝不美。

梦，是一个真实的丧失；真实，则是梦的丧失。

有时候，某些丧失并不是坏的，因为那是获得自我认识的一个方式。因此，每次从梦里醒来，总使我有一些欢喜——重新获得自己的欢喜。

南柯，或者黄粱的一梦，有遗憾、有丧失，但是也有欢喜、有获得。庄子与蝴蝶的化身飞翔，是飞翔于梦与游戏之间，是自我证明的一次停格。

4

《大智度论》否定梦的作用，说"梦非实事，尽属妄见"，主张梦是妄想非实的，不必在意。《大昆婆娑论》则说"梦为实有，若梦非实，便违契经"，主张人对于自己的梦，也应该负起道德的责任。

有些经典说梦不是实有，但也有些经典肯定了梦里的境界。这不是经典有所矛盾，而是，对于执着于梦的人，要放下梦里的所见，对于轻视梦的人，要正视梦的象征与意义。

一切法如梦，但是，梦不可以显现一切法吗？

"诸法实尔，皆从念生。"——念，可以在生活中、在梦中、在一切处生起。

现实或者是一部分的梦，梦或者是一部分的现实，善观现实者可以看到"一切有为法，如梦幻泡影，如露亦如电，应作如是观"，善观梦者则可以觉知"寿暖及与识，舍身时俱舍，彼身弃冢间，无心如木石"。

梦或不梦不是重点，觉或不觉才是要义。

5

有人来向我说噩梦，我会安慰他。

有人来向我说好梦，我会点醒他。

对于自己，我也如是安慰、如是点醒。

6

庄子《齐物论》里说：

　　梦饮酒者，旦而苦泣；梦哭泣者，旦而田猎。方其梦也，不知其梦也。梦之中又占其梦焉。觉而后知其梦也。且有大觉而后知其大梦也。而愚者自以为觉，窃窃然知之。君乎？牧乎？固哉！

这段话很美，译成白话是：

　　昨夜梦到开心喝酒的人，早上却痛苦地哭泣；昨夜梦到痛苦哭泣的人，早上却开心地去打猎。刚刚在做梦的时候，不知道自己在做梦。何况在梦中，有时还有梦呢，醒来以后才知道刚刚是梦。只有大觉悟的人，才知道人生是一场大梦。愚笨的人自以为觉悟，私底下好像已经知道了。可是他为什么还在分君分臣？明贵明贱？实在浅薄呀！

7

世事一场大梦，人生几度新凉，流逝的我真像是一场梦，虽说梦里是那样真实，却如飘落的秋叶，一下就黄了，化为春泥了。

晚上做梦，不晓得是梦的人，醒来后，仍能记得千鸟的叫声。

在梦中为落花飘零惋惜，醒来之后，心仍有惋惜之意。

清晨梦中，看到衣服里有着珠宝，使我迷惑了。

泽庵禅师曾写过《梦千首》来表达人生就像梦境，梦境虽是虚幻，但醒后还留着残心，是非常值得珍惜的。

我有时独坐静观，看见那些流去的岁月，恍然如梦，觉得梦里的人与我就像在镜中相逢，互相端视面目，谁是我？我是谁呢？

僧肇大师说："旋岚偃岳而常静，江河竞注而不流。野马飘鼓而不动，日月历天而不周。"确实，生命的奔驰有如野马，连日月也迅如流星，但是，谁看见了那常静、不流、不动、不周的自我呢？

这样想时，真像是听见了童年梦里的千鸟的鸣声。

上善若水

在每一个因缘与相会中流过，

不必积存；

在每一次飘风与骤雨里流过，

不必住留。

为了赶到埔里参加下午两点的演讲，我清晨八点就出门了，坐从公路局开往埔里的"国光"号，九点钟开。

沿路的交通状况十分紧张，在高速公路上又塞车，到草屯的时候已经是下午两点。我心里非常着急，想到有两百多位来自全省各地的老师在演讲的地方枯候，却也无计可施，便从旅行袋中拿出一本正在诵读的《老子》来看，翻到昨天

107

再三诵读的一段像诗一样优美的文字：

> 古之善为道者，微妙玄通，深不可识。
>
> 夫唯不可识，故强为之容。
>
> 豫兮若冬涉川，
>
> 犹兮若畏四邻，
>
> 俨兮其若客，
>
> 涣兮若冰释，
>
> 敦兮其若朴，
>
> 旷兮其若谷，
>
> 混兮其若浊，
>
> 淡兮其若海，
>
> 飘兮若无止。

意思是说，古代有道的人，微妙玄通，高深不可看透，由于无法看透，我们只好勉强形容他：他的细心就像冬天走过河川，他的谨慎就像畏惧四邻的目光，他的庄重就像到别人家做客，他的潇洒就像冰雪融解，他的敦厚就像朴实的原木，他的开阔就像虚怀的山谷，他的混沌就像江河，他的淡泊像沉静的大海，他的飘逸啊……像风一样永远没有定止。

读了这段话，心胸一畅。近几年不知道为什么，非常喜欢老子，甚至还胜过年轻时代喜爱的庄子，读《老子》的时候心里常有幽微、沉静、朴素、庄严之感，就仿佛走入广大的森林，呼吸清新的空气，或者是在无边的海洋上泛舟。我把这种感觉告诉对老庄颇有研究的朋友，他说："那表示你的年纪大了呀！"

他说，中国读书人到中年，很少有人不喜欢老庄的。在人世、充满活力的青年眼中，老庄是消极无为的，他们是不可能品味老庄思想的。唯有走过沧桑、对人间世无求（或知道求与不求仅是如此）的人才能品出老庄思想的真味。

正在想的时候，埔里到了，表上指着下午两点十五分。"糟糕！再转到山里的寺庙，怕要三点了！"我心里这样想，心中浮起"涣兮若冰释，敦兮其若朴"的句子，也就释然了。对这不断变幻，没有定止的人生，我们只要时刻尽力而为也就好了，万事岂能尽如人意？

见到寺庙里主办演讲的师父，已经是下午三点了，我正好要解释为什么迟到，他满脸惊讶地说："林教授，你怎么来了？"

"咦？下午不是有我的演讲吗？"我比他更惊讶。

"没有呀！演讲已经取消了。"

　　我当场怔住，想到我清晨八点出门，经过七小时的奔波风尘，才到达这远在埔里山中的寺院，丢下台北那些紧急的事务，而演讲竟已取消了。我甚至没有责问的力气了，连"为什么演讲取消了，这么大的寺院没有一个人告诉我？"这样简单的问句也说不出来。记得昨天我打电话来确定，接电话的人还告诉我："到台北公路局北站坐车。"

　　既然没有演讲，就转下山回台北吧。可是想到又是几小时的车程，脚就软了。且当是一次朝圣吧！既来则安，就在寺院中安住一夜，享受这难得的夏日的清闲。"飘风不终朝，骤雨不终日，孰为此者？天地。天地尚不能久，而况于人乎？"——天地都尚且不能永久恒常，何况是人的遭遇啊！

　　夜里，住在埔里的山中，继续来诵我的《老子》。

　　　　上善若水。

　　　　水善利万物而不争。

　　　　处众人之所恶，故几于道。

　　　　天下之至柔，驰骋天下之至坚。

　　　　譬道之在天下，犹川谷之于江海。

　　　　（上善的人要像水一样啊！水善于利天下的万物而不与万物相争，能处在众人厌恶的低下之处，所以

和道最接近。天下最柔软的事物却可以在最坚强的东
西中奔行无阻。道存在于天下，就像江海永远容受着
川谷的水呀！）

听着山中夜雨，雨势可真不小，我们总是在有限的生命
中奔驰，想要去完成一点什么、实践一点什么，但谁知道愈
是去完成、去实践，愈是感受到生命的有限与束缚呢？

为了演讲，到一个地方是很好的，那是生命的实践。

为了演讲，到某一个地方，演讲取消了，也是很好的，
那也是生命的实践。

所有的实践都只是一个连着一个的过程，是永无终止的。

《老子》的最后一章说：

> 圣人不积，既以为人己愈有。
>
> 既以与人己愈多。
>
> 天之道，利而不害。
>
> 圣人之道，为而不争。

（我们并不积存什么，因为愈是奉献于人，自己
愈富有，给别人愈多，自己拥有的愈多。自然的法则
是施利万物而不伤害，圣人的法则是实践，但没有企

图的心。）

生命之流确实像水，流过高山与河谷，流过沧桑与砾石，一站一站地奔向江海，在每一个因缘与相会中流过，不必积存；在每一次飘风与骤雨里流过，不必住留。

生而不有，为而不恃，功成而弗居，夫唯弗居，是以不去！

芳香百里馨

拥有一个真实的岛可能是艰难的，

但在心里有一个岛，

有大海、有花草、有椰影、有萤火、有蓝天，

不受污染，

那也就很好了。

我们坐在百里馨岛上唯一的餐厅里，叫了一杯椰子水，等了半个多小时还没有送来，我跑到柜台询问，掌柜的菲律宾青年指指门外，一径地傻笑着。

我不明所以，跑到门外，看见刚刚的那一位侍者正抱在椰子树的顶端上采椰子。不，不能说是采椰子，而是砍椰子。

他用一把长刀,"啪"一声把一串椰子砍下来,椰子便"劈劈啪啪"地落在草地上了。侍者从椰子树上爬下来,看到我站在树下,咧开嘴,笑嘻嘻的。

接着,他用砍椰子的长刀,把椰子壳凿了一个洞,插上一支吸管,直接从椰子树下端到我们的桌上。

我喝着刚从树上砍下的椰子水,算算时间已经快一个小时,心里想着:"好险呀!幸好椰子树就种在餐厅门口,如果是种在几百公尺以外,等他采来,岂不是就天黑了!"

菲律宾人天生慢动作,说好听一点是从容,说难听一点是懒散,其实是他们生性单纯,所求不多,特别是远离马尼拉四十分钟机程的百里馨岛,人们的心性之单纯,超乎了我们的想象。

例如,假若有五个人一起进餐厅,一人叫椰子水,一人叫柳橙汁,一人叫苹果汁,一人叫可乐,一人叫芒果汁,那侍者立刻就呆若木鸡,因为光是背下这五种不同果汁的名字,对他来说就太复杂了。

我对朋友说:"我们别整他了,如果再加上一杯咖啡、一杯红茶、一个冰淇淋,他可能立刻就昏倒在地上了。"

那可怎么办呢?

先点一杯椰子水,等他端来了,说:"再来一杯柳橙汁。"

如是者五，他一趟一趟地来回走，不会算错，也不会造成负担。反正是在岛上，谁在乎时间呢？一步一步来也不会有什么事。

旅馆部的侍者也是很单纯的，他们常常坐在海边用椰子树干和树叶搭成的凉亭里聊天，只要有人从房间出来，他们就会微笑地走过来问："有什么事吗？"因为岛上的房间没有电话，一切都要面对面相询。

你摇摇头说："没事。"然后到海岸散步，他看你走远了，就径自进去帮你收拾房间。因此每次出门回来，房子里总是窗明几净的，算一算，他一天里总要来收拾四五趟。一直到晚上，他为你提来一壶开水，然后亲切相问："还有什么事吗？"你说："没事。"他微笑，鞠躬，告退，一天的服务才告落幕。这种像是一家人一样亲切的服务，即使是五星级的大饭店也没有。

生活在百里馨岛，时间和空间几乎都是静止的。在时间上，没有开始，也没有结束，岛民的生活日复一日，像一条绳子一样向前拉去。我们想起了古老民族的结绳记事，岛民的生活变化小到就像时大时小的绳结。在空间上，百里馨岛小到只要半日就可以绕岛一圈，居民总共只有八百人，没有电视、没有报纸、没有信息，甚至没有电，与外界的联系只有小飞机和渔船，它与整个世界是完全隔绝的。如果这个世界在一夜之间消失，百里馨人也不会知道，或者如果百里馨一夜沉没，世界也不会知道吧。

百里馨人出生在这个世界，以蓝天、大海、椰林为家，他们自给自足，既不需要欲求，也没有什么渴望，只是如实地单纯地生活着。他们不需要知道菲律宾，也不需要向往马尼拉。

我问过带我们到海上观光的中年渔夫，他这辈子还没有离开过百里馨，原因是，驾渔船到任何一个其他的岛都太远了。因为没有离开的欲望，生活就变得十分纯粹了。

像百里馨，一年只有两季，一季是干季，一季是湿季。不论干湿，气温都是十分宜人的，只要有一条短裤，几乎就可以过一辈子。有很多孩子，甚至整年赤身露体在岛上跑来跑去，衣饰是没有什么需要的。

食物更简单，地上有终年不缺的椰子和香蕉，海上只要出海就有鱼获，一个上午捕的鱼，几天也吃不完。椰子林中有山蟹，一个晚上就可以捉到一桶，全都不需要购买。

房子那就更简单了，椰子树当建材，几人合力，一天就可以盖一幢屋子。当然，住在这里的人也有生老病死。死了，岛上的人也不哀伤，把他抬到可以涉水而过的"死亡之岛"，草草埋了，生不带来，死不带去，与天地同生，与草木并朽。从百里馨看"死亡之岛"，林木苍苍，应该也是净土的所在吧！

除了文明之外，百里馨什么都具备了。我们在文明中生活的人，很难想象没有信息、没有电、没有电话的生活是什么滋味，但这种困惑，百里馨人是不会有的。

说百里馨没有电也不确实，百里馨岛到了夜晚自备火力发电机，从晚上六点半到深夜十一点半发电，夜里的百里馨灯火通明，小路上都是一串串的灯泡，使人有宁馨安逸之感。到了十一点半，全岛陷入一片漆黑，极适合坐在海边沉思。

也唯有在完全的漆黑中，我们才会发现大地即使在黑夜里也会自然发光，天空中月光星光交织，大海上波光潋滟，还有满天飞舞的萤火虫。萤火虫数量之多超过人的想象，有很多树因为停满了萤火虫，变成一棵棵"萤火树"，美极了。

我们曾在夜里随当地的住民到山林间去捉山蟹，他们提着煤油灯，手脚敏捷，一个夜晚就能捕到一桶山蟹，有时在路边也能捡到山蟹，只只都有手掌大。我也曾在夜里带孩子在海边散步，捡寄居蟹，有一次竟然在海边捡到一只章鱼，活的，拍了照片之后就把它放生了。可知在黑暗之中，大地是充满生机的。

白天，百里馨被晨光唤起时最美，由于昨夜的涨潮在清晨退去，整个白沙海岸布满了美丽的贝壳。星星是天上的贝壳，贝壳则是海岸的星星。我曾花了一个上午的时间，带孩子绕着海岸捡贝壳，晶白的、宝蓝的、玄黑的、粉红的、鹅黄的，各形各色的贝壳，在捡的时候使我感伤：在台湾也有很多海岸呀，贝壳到底是哪里去了？

百里馨是一个自主的王国，岛主是华裔的菲律宾人，听说他花了近二十年的时间来治理和经营这个岛。全岛为椰子树和花草所覆盖，整个是一座花园，甚至找不到一个石头。更难以想象的是，岛上有很多雅致的别墅，有一座高尔夫球场、一个设备完善的游泳池、一个巨大洁净的餐厅。这么现代的设备是为了招待极少数有缘在百里馨度假的观光客。

因为担心旅游质量遭到破坏，每次只招待廿五个客人，正好坐两架小型的飞机，一下飞机就完全与世界隔离，甚至一切消费都不付现，而是用记账的方式。岛上唯一的商店，只有三坪大，只卖泳衣、汗衫和贝壳，恐怕这是世界上最不商业化的观光区了。我们一家三口在百里馨住了三天，除去吃住，结账时总共花了二十五美金。

为了与岛民分界，岛主在百里馨岛的中间画了一条线，规定岛民除了旅馆部的工作人员，不可超过那条线。岛主的规定有如圣旨，因此住在百里馨的观光客如果不到岛的另一边，根本看不到一个住民。我们曾到岛的另一边去，印象深刻的是有一间小学、一间天主教教堂，还有一家椰子油工厂，居民的住屋架高而通风，有点像兰屿的民居。

居住在花草、椰子树与大海岸边的岛民，可能并不知道在这个普受污染的世界，他们是住在一片净土之上。我记得刚下飞机的那一刻，有许多同伴异口同声地惊呼：这简直是传说中的极乐世界！

听说我们是第二批到达百里馨的中国旅客，对于一向以采购著名的中国旅行团，百里馨还是一片处女之地。

第三天要挥别百里馨的时候，所有的人都有不舍之情。时间并未静止，空间也并未静止，如果生命里这样的日子有三个月不知道有多好！孩子听到我的感叹，提醒我说："三个月就会很无聊了。"对呀！我们这些被文明、繁荣、匆忙所宰制的人，已经没有单纯过活的心了。

登上飞机的那一刹那，我以深呼吸来告别百里馨，我闻到空气中有一种单纯、清净的芬芳，这样的空气，我们在台北已经许久没有闻到了。

这时，我想起，百里馨的原文是 Balesin Island，第一个把它翻译成中文的人是个天才！

在飞机上，带我们去百里馨的导游小谭说，菲律宾共有七千一百多个岛，有两千多个岛没有名称，有三千多个岛无人居住，菲律宾政府财政困难，大部分的岛都是可以出售的。

"怎么样？到菲律宾来买个岛吧？"小谭说。

我心里想，拥有一个真实的岛可能是艰难的，但在心里有一个岛，有大海、有花草、有椰影、有萤火、有蓝天，不受污染，那也就很好了。

因此我没有回答，带着我心里的岛飞越大海，告别了百里馨。

乐为布衣

有一些鱼，

要龙门飞跃才显出价值；

有一些鱼，

却喜欢悠游于江湖；

有一些更大的鱼，

则善于嬉戏在大海大洋之中。

　　不知道什么原因，住在台北的时候，有一些朋友，甚至是陌生人，跑来劝我出来参选今年的"立法委员"。回到乡下居住，也有一些乡亲来找我，邀请我出来竞选。这些举动，使我感到好笑，因为这些来找我的人可以说完全不了解我呀！

当然，他们的理由有千百种，而且都十分充分，归纳起来，不外乎：社会需要清流，如果社会的清流都不肯参与政治，社会就更混浊了。其次，我应该用更多的心力为桑梓付出，搞政治的人往往为了自己的私利，无法全心奉献，应该有一些肯奉献的人出来。再其次，现在是从政的最好时机，失去这次机会，将来不会有更好的机会了。最后，拯救社会，从政是最便捷有效的道路，中国台湾的政治资源被两党垄断，社会需要第三种声音。

大家都说得很有道理，理由也很充足，但是我的理由很简单，而且看起来一点也不充足，我说："我乐于做一个平民、一个百姓、一介布衣！"

热衷于政治的人大概很难理解，一个人甘于平淡和平凡是什么样的心情，这就像山野里的树木，有很多立志要做人间的栋梁，但是也有一些只希望做世间的风景，还有一些什么都不做，只是自在地生长。

在这个混乱而变量巨大的社会，政治的清明是重要的，关心政治也是每一位公民的责任。但是，如果不管什么人都想在政坛出头，以政治为自我成就之路，不能知觉自己是不是适任，却不是社稷之福。近几年的发展，使一般人认为从政有利可图。于是谋公益的人少，图私利的人多，政治早成为争名夺利的地方。有心国事的人固然也有，利欲熏心的人却更多，路旁到处都是名利客，这也是社会极可忧的地方。

一个正常的、有前景的社会，应该是一个多元价值与多元发展的社会。一个好的演艺人员，其价值并不逊于一位好的"立法委员"；一个好的生意人，对国家的贡献也不会差于一个好的政治家（至于坏的，也是如此）。我们这个社会过度强化政客的重要性，使得生意人、演艺人员、运动人员，不管什么人都想在政治上争得一席之地。我想这种有特殊目的的政治、一元化的政治，不是一个健康的社会应有的。

为人民谋福利、为社会奉献心力，不是政治人物的专利，每一个人各安其位，人尽其才，以他的资赋来努力工作，就是最好的途径了。

能从政为官是很好的事，但甘于做平凡的老百姓也是很幸福的，日出而作，日落而息，帝力于我何有哉！黄昏在山路上散散步，夜里在小摊上吃一碗担担面，闲来无事，与三五好友话天话地、品评政事，不也很好吗？

为政如入急流险滩，有一些鱼，要在龙门飞跃才显出其价值；有一些鱼，却喜欢悠游于平静的江湖之间；还有一些更大的鱼，则善于嬉戏于大海大洋之中。鱼需要相濡以沫，也需要相忘于江湖，如果江河湖海只有一种鱼，那还成什么天下？

所以呀，我乐为布衣，不党不群、俯仰无愧也是很好的。

佛陀在《四十二章经》里说：

> 吾视王侯之位，如过隙尘；视金玉之宝，如瓦砾；视纨素之服，如敝帛；视大千界，如一诃子；视阿耨池水，如涂足油；视方便门，如化宝聚；视无上乘，如梦金帛；视佛道，如眼前华；视禅定，如须弥柱；视涅槃，如昼夕寤；视倒正，如六龙舞；视平等，如一真地；视兴化，如四时木。

做一个觉悟的布衣，真好！

隐藏的伤口

不管是在哀伤的日子，

或喜庆的日子诞生，

我们都要互相疼惜，

珍爱自己的土地和家园，

以及有缘的同胞。

我的生日是二月二十六日，距离"二二八"只有两天，虽然不是同一年，也足以勾起父亲的某种隐藏的伤口。

在每一年生日的时候，父亲就会忆起："隔两日就是'二二八'了。"

当时还不解事，我们都不知道什么是"二二八"。是某一个忌日吗？不然爸爸为什么每次提到都有一些伤怀的表情？读小学五年级时的生日，夜里吃猪脚面线，便问："爸爸，什么是'二二八'？"

他并没有回答，只是用平常的口头禅说："团仔郎，有耳无嘴。"然后把我们支开了去。

童年时代的我，因此只知道"我的生日与'二二八'只差两天"，却不知什么是"二二八"，也不知道为什么大人们对这二月的最后一天那么恐惧。窃听大人的悄悄话，只知道和"猪崽""芋仔"有关。

"猪崽"或"芋仔"是我们乡下人对外省人的简称，虽然我们从前讲起来没有什么仇视的意思，却意涵着"和我们不同的人"。所以，在我们乡下，煮甜汤的时候，芋仔和番薯是从来不放在一起煮的，当然，番薯也不煮猪肉。

"番薯"，是指台湾人，这一点是可以确定的，那是因为美丽的岛的形状。至于"芋仔"，为什么用来称呼外省人呢？有一次问到母亲，她说："因为拿起来会手痒。"怪不得削芋仔时要戴手套了。

"猪崽"，更难听，恐怕是沿自对日本人的称呼，我们称日本人叫"四脚崽"。

其实，我年幼时认识的外省人很少，只知道大官都是外省人。还有，小镇里的警察、驻军，以及街口卖烧饼油条的人和每天下午三点钟准时来卖馒头的人。还有，学校里一些教语文和美术的老师。

我识得的外省人都很好，我最要好的同学是派出所所长的儿子，也是外省人，因此每次听大人叫我的同学"猪崽子"时，心里都大为不悦。驻在我家后院的连队，时常送西瓜和馒头给我们，爸爸总说是"老芋仔送来的馒头"。嘿，老芋仔馒头，味道真不错。

当时的我，哪里知道这种隐藏的隔阂是来自"二二八"呢?

直到读高中时，无意间在图书馆看到一丁点儿"二二八"的记载，才知道"二二八"是外省人屠杀本省同胞的事件，有些村落甚至被杀得精光。我虽然没有仇恨之感，但是对老辈讲"猪崽""芋仔"的心情倒是理解了。

那以后我比较能和父亲沟通了，知道"二二八"时期，我的家族虽没有被牵涉，但父亲的一些朋友却从此没有回来。那时株连甚广，我的父亲、伯父很长时间都躲在深山里，不敢出来，其实后来出来也没有怎样，他们只是风闻而感到无限的恐惧。

听说，那时听到"外省兵"，就像以前的俄罗斯人听到成吉思汗一样。我的几个堂哥曾在听见"外省兵崽来了"的时候立刻跃入米缸躲藏，半天都不敢出来，后来还常被大人引为笑谈。

据父亲回忆，我们家族虽然庞大，但因为是笃实的农民，并未受"二二八"影响，他说："若是书读得高的人，就很惨，都被抓去刨。"

不过，即使是卑微的农民，内心的恐惧也不亚于知识分子，而且，这种恐惧因为时间而深藏了，到晚年的时候，他还谆谆告诫我们："千万不要涉足政治。"尤其是对写文章的我，他说："千万不要写政治的事，因为主政的人会翻脸不认人呀！"

有一次，读余光中的诗，有诗句说："患了梅毒，仍是母亲。"直觉得像"二二八"这样的事，真是比母亲的梅毒还惨。

"二二八"当然是随风而逝了，父亲的那一代也老成凋零了，我的大姊嫁的就是外省人，结婚时父亲虽然不悦，但说："这个外省囝仔看来也是忠厚老实。"后来他很疼外省女婿。

所有的伤痕都是可以平复和弥补的，"二二八"也不例外吧？只是当局应该有更深切的歉意，民间则要有更广大的宽容。隐藏的伤痕，说不定能给我们一些启示，启示我们要有互爱的心。

自从知道"二二八"以后，我就不再过生日了，我把自己的生日都用来沉思与默哀。

　　不管是在哀伤的日子，或喜庆的日子诞生，我们都要互相疼惜，珍爱自己的土地和家园，以及有缘的同胞！

大四喜

一个人会有什么样的成功，
能扮演什么重要的角色，
都是因缘所成，
没有什么好骄人自负的。
我们只不过是沧海之粟、大河之沫，
领受种种恩德，
而无知淡忘罢了。

中土难生

新年的时候，与朋友一起到菲律宾旅行，斯时菲国南部的游击队正在和政府军作战。我想到像菲律宾这样的国家，近些年来政治动乱不安，再加上水灾、旱灾、火山爆发、地震、台风肆虐，每次都死伤惨重，天灾人祸，真不知道什么时候才能有平静的一天。

进出菲律宾的时候，每在海关，一定要包红包才能"过关"，海关和移民局的官员公然收贿赂，大家都已经习以为常了。城市里治安败坏，结伙抢劫、杀人的新闻，在电视上几乎无日无之，这使我想起佛经里常说的"中土难生"。

"中土难生"的意思并不是生在中土难，而是生在一个社会安定、生活富足、可以修习佛法之地难。如果一个国家或社会的人，终日都在恐慌之中，活命都难以为继，佛法又何以落实在生活之中呢？

这样想，竟使我生起一种深切的感恩心，感恩生在中国台湾，生在"人中不高不下之地"，既能听闻佛法，又能修习佛法，这不仅是累世积聚的福德，也是来自今生的努力。台湾可能不是最好的，但总是在中上的。我们衣食不缺，日子不致胆战心惊，又有余暇来思考人生的意义，进而修行佛法，所谓的"中土难生"，指的不就是这样的地方吗？

上报四重恩

我们佛教徒在做功课回向的时候，都会念到一句偈：

> 上报四重恩，
> 下济三涂苦，
> 尽此一报身，
> 同生极乐园。

我每次诵到"上报四重恩"这一句，心里就有深刻的感动。"上报四重恩"就是要报佛恩、父母恩、国土恩、众生恩。因为如果没有佛陀的刻苦修行、体证真理，我们就无法可闻，生命的觉悟与提升就处在茫然的状态，此所以佛恩浩瀚，正是"佛法难闻"。

如果没有父母生我、养我、育我，我不会得到今天的人身，没有人身，一切的修行便成为妄谈，智慧便不得开启，慈悲就无以落实，此刻还不知道在轮回的业海中的何处飘荡，此所以亲恩无极，正是"人身难得"。

　　如果没有国土的载育，提供给我们生活与教育，使我们安全地成长，不虞衣食、免于匮乏与恐惧，那么我们不会有时间坐下来禅定思维，不会有闲情来念佛修观，走向自在解脱之路。试想，我们今天如果生在天灾人祸不断的国度，纵有佛法，也无暇亲近，纵有父母，也难为护卫呀！此所以国恩深厚，正是"中土难生"。

　　如果没有众生的协力，农夫生产活命的作物，工人织就蔽体的衣饰，匠人建造御寒的房屋，百工研发方便的车乘，我们一天都不能过下去。我们所有的时间将奔波于耕作、裁衣、造屋、行走，哪里还有心于修行呢？此所以众生的恩情无边，正是"四众难获"。

　　这些道理说起来非常简单，佛陀说是"上报"，其中有很深的含义。上报，一是来自感恩心，知道个人的无能与孤立，实在没有力量独立完成人生的旅程，使人能心存感念，常带情意。

　　从前在泰国旅行时，每天都看到僧人列队走入街坊，他们双手捧钵，目不斜视，步履庄重，行止之间充满着感恩的姿势，那是因为对"四重"的恩德有"上报"之意。我们在人群中生活，虽然不必每天双手捧钵去感恩众生的布施，但每一个人何尝不是过着托钵的生活呢？

我们托的钵里如果有佛法，盛装了智慧与慈悲，那是因为佛菩萨、祖师、师父无私的赐予。我们托的钵里如果有身心的健全，盛装了力气与成长，那是因为父母长辈含辛茹苦、做牛做马的培育。我们托的钵里如果有政治的清明、社会的安定、经济的富足，那是因为我们有一个可以安居的国土。我们托的钵里如果有相互的友爱、协助与启发，那是因为我们的四周有许多可敬可爱的众生，他们敦睦守分、慈悲护持。

上报，二是来自谦卑心，知道生命的渺小与有限，今日得闻佛法、得有人身、得生中土、得善福报，全不是来自个人的力量，这样，我们才能谦和无争，不会得少为足，真认为自己有什么伟大的成就。

一个人会有什么样的成功，能扮演什么重要的角色，都是因缘所成，没有什么可以骄傲自负的。

当我们说到修行佛法、度化父母、改造国土、解救众生的时候，常常自居于上，若从"上报"的观点来看，我们只不过是沧海之粟、大河之沫，领受种种恩德，而无知淡忘罢了。

大喜无量

有一个朋友告诉我，他在过年的时候打麻将大胜，他说：

"我甚至自摸了一把大四喜。"

朋友说，他打麻将数十年，这是第一次自摸到大四喜，可见今年肯定是要大发了。

我说："什么是大四喜呢？"

朋友解释了半天，我还是听不懂，他有点生气地说："怎么说，你也不能知道大四喜是多么稀有的牌呀！"

确实，我这辈子不可能拿到大四喜的牌，更不用说是自摸了，因为我是不打牌的人。

不过，我对朋友说，我过年的时候也自摸了一把"大四喜"，那就是更深刻地思维了"上报四重恩"的意义。

能上报佛恩，是一喜。

能上报父母恩，是二喜。

能上报国土恩，是三喜。

能上报众生恩，是四喜。

合起来是"大四喜"。

佛恩之喜，是佛告诉我们四圣谛、八正道、十二因缘，让我们不必在黑暗的生命长路中摸索，就能契入光明无量的花园，大喜无量。

父母恩之喜，是父母赐我一副健全的身心，让我们在盲龟浮木的大海中伸出头颈，得以领受智慧与慈悲的润泽，不致成为社会中的负面因素，大喜无量。

国土恩之喜，是天地化育，使我们有福报生在佛法兴盛之国、投胎于佛法流行的时代，不至于流离颠沛，大喜无量。

众生恩之喜，是不论有缘无缘，都能努力工作，使我们的生活安顿，没有后顾之忧，大喜无量。

此"大四喜"，正是喜无量心的根本。

我对朋友说："我虽然不能体会你自摸大四喜的快乐，但是我的'大四喜'，不必等待机运，只要以心思维，任何人都可以体会呀！"

最胜福田

"上报四重恩"，不是微小的事。

根据《优婆塞戒经》《像法决疑经》《大智度论》的说法，人生于世界，有三种可生福德之田，称为"三福田"。

第一种福田叫"敬田"，也叫"恭敬福田"，就是尊敬佛、法、僧三宝，可以使一个人的心田因恭敬而生起功德。

第二种福田叫"恩田"，也叫"报恩福田"，就是报答父母师长的教养，可以使一个人的心田因恩情而生起功德。

第三种福田叫"悲田"，也叫"怜悯福田"，就是悲悯贫病者，可以使一个人的心田因慈悲而生起功德。

《广弘明集》说：

> 今论福德乃以悲敬为始。悲则能哀矜苦趣之艰辛，欲愿拔济彼等出寓；敬则知佛法难遇，能信仰弘布之。

《正法念处经》说，佛为出三界的最胜福田，父母为三界内的最胜福田，要种福田的人，必从佛的恭敬与父母的报恩开始。

但，佛也是从众生中觉悟的，而父母正是芸芸众生之一，所以真实的报恩则是使恩德落实于一切众生。

在众生之中，看见了佛的心，这是上报。

在父母的爱中，看见了菩萨的心，这是上报。

想种福田的人，从四重恩中思维与体验，就是在播种福田的种子。

新春祈愿，愿人人都能上报四重恩，并从中得大四喜，进而喜无量心，得大自在。

家有香椿树

但愿，

爸爸如果在极乐世界，

也有香椿拌面可以吃。

市场里看到有人卖香椿，一大把十元，简直有点欣喜若狂，立刻买了三把回家，当天晚上就做了香椿拌面、香椿炒蛋、炸香椿，吃的时候自己都觉得好笑，感觉自己就像得了相思病，不，"香椿病"。

说起香椿，它给人的味觉是很难形容的。它的香气强烈而细致，与一般的香菜，像芫荽、芹菜、紫苏，大为不同，食之风动，令人心醉。香椿与一般香菜更不同的是，一般香菜多为草本，香椿树却是乔木，可以长到三四丈高，如果家里种有一棵香椿树，一年四季就永远有香椿可吃。

我对香椿的感情是从小就培养出来的。我们以前在山上的家，屋后就有几棵极高大的香椿树，树干笔直，羽状复叶，树形和树叶都非常优雅，是非常美的树木。

我的父亲独沽一味，非常喜欢香椿的气味。他白天出去耕作，黄昏回来的时候，就会随手摘一些香椿的嫩叶回家，但是偏偏母亲不喜欢香椿的味道，所以父亲时常要自己动手。他把香椿叶剁碎，拌面或拌饭，加一点油、一点酱油，就是人间至极的美味。

最简单的做法，是把香椿剁碎了放在酱油里，不管蘸什么东西吃，那食物立刻布满了香椿的强烈的气息。

次简单的做法，是用香椿叶来炒蛋，美味远非菜脯蛋、洋葱蛋可比。或者是用蛋和面粉裹香椿叶下去油炸，炸得酥黄香脆，可以当饼干吃。或者，以香椿拌豆腐。

还有复杂一点的，就是以香椿叶子包饺子、包子、粽子，香气宜人。

我受了父亲的调教，自小就嗜食香椿，几乎有香椿叶子，什么东西都吃得下了。而香椿树那种独一无二的气味，也陪伴了我的童年。那高大的香椿树每到初夏，就会开出一簇簇的小白花，整个天空就会弥漫着一种清香，然后，结果了，果熟裂开了，香椿树带着小翅膀的种子就会随风飞到远方。

有时候在林间会发现新长出的香椿树，那时，我就知道有一颗香椿树的种子曾落在这里。香椿树的幼苗和嫩叶一样，刚生长的时候是红色的，慢慢转为橙色，最后变成翠绿色。爸爸常说："香椿如果变成绿色就不好吃了。"因为绿色的香椿树纤维太粗，气味太烈了。

有时候，我路过山道，看到小香椿树，就会摘一片叶子来闻嗅，然后放在嘴里细细地咀嚼，特别感觉到香椿树的香甘清美，真不愧是香椿呀！

自从到台北以后，就难得品尝到香椿的滋味了，所以每次回乡下，总会设法去找一些香椿来吃。有一年，我住在木栅的兴隆山庄，特地向朋友要来两株香椿树的幼苗种在院子里。香椿树长得有一人高，我偶尔会依照父亲的食谱，摘香椿叶来试做，滋味依然鲜美，于是就会唤起从前那遥远的记忆。

后来我搬家了，也不知道院子里那两株香椿树变成什么样子了，会像故乡的香椿树那样长到三四丈高吗？会开花吗？种子也会飞翔吗？

有一次读庄子的《逍遥游》，说道："古有大椿者，以八千岁为春，以八千岁为秋。"所以香椿树应该是很长寿的。由这个典故，以香椿有寿考之征，所以古人称父亲为"椿"，称母亲为"萱"，唐朝牟融有诗说"堂上椿萱雪满头"，是说高堂的父母已经白发苍苍了。

父亲过世之后，我也吃过几次香椿，但每次，那强烈的气息都会给我带来悲情，使我想起父亲，以及他手植的香椿树。他常说："香椿是很上等的木材，等长好了，我们自己砍下来做家具。"一直到他离开这个世界，他也没有砍过一棵香椿树。我以前一直以为是香椿还没有长好，现在才知道那是感情的因素。八千年为春秋，那是永远也长不好了。但愿，爸爸在极乐世界，也会有香椿拌面可以吃。

端午节的时候，我路过松山的永春市场，看到有人在路边卖"香椿粽子"，便买了几个来吃，真有一点爸爸的味道。唉！

吃香椿粽子的时候，我决定了，将来如果有一个庄园，屋前屋后我都要种几棵香椿树，来纪念爸爸。

以美点亮心灯

艺术的心灵是在走向生命之美，

佛法是使美溶入了真理与慈善，

化为圣道，

走向生命的大美！

在"国家音乐厅"欣赏了《梵音海潮音》，走出来才发现室外的空气非常清冷，刚刚在听梵乐的时候那种温暖，也就格外感到明确而深刻了。

我沿着"中正纪念堂"的水池边散步，想起一个传说。传说释迦牟尼佛在灵山上说法时，因为怜悯盲目的弟子严窟尊者，曾以弦乐器件奏，唱颂地神陀罗尼偈。

传说为文殊师利菩萨化身的妙音佛母，造型便是手里拿着琵琶的。当他弹琴唱歌的时候，这世界所有的烛火都会被点亮，人心里的灯也因为听见那样优美的音乐而亮起来了。

西元前二世纪时的马鸣菩萨，曾经将释迦牟尼佛的故事写成《佛所行赞》，并且将赖托和罗求法之事，写成《赖托和罗伎》，在王城前的大广场演出，由于音乐太动人了，曾引起五百位青年矢志出家。

我自己也有许多次被佛教音乐深深感动，有一次是在寺庙里的晚课时间，听到许多师父合唱弘一大师和太虚大师合写的《三宝歌》，回肠荡气、波澜壮阔，仿佛一面大旗飘舞于风中。那首歌唱完了，我独独坐在一旁，一时竟说不出话，也不能起身。

那时我还没有信佛，而且是首次听唱《三宝歌》，非常自怨：佛教有这么美妙的歌，我以前怎么不知道呢？

后来，我学会唱《三宝歌》了，每次一唱到"人天长夜，宇宙合暗，谁启以光明？"一句，都会忍不住眼湿，不久，我就皈依了三宝。

还有一次，是在密宗的灌顶法会上，台前点了数百盏光明灯，人人双手合十，合唱《嗡嘛呢呗咪吽》，周而复始，循环不息，唱到后来，感觉人仿佛是站在一朵云上，或是一朵莲花上。这六字大明咒原是"祈求内心的莲花开放"之意，吟咏着唱起来，感觉到莲花正一瓣一瓣地伸展着，而四周的灯火正在大放光明……

这一次《梵音海潮音》的演唱，佛光山丛林学院的师父风尘仆仆地跑到台湾最高的音乐殿堂演唱，给了我三个非常大的启示：一是师父们也可以唱出极其美妙的歌声。二是佛教的歌曲也可以登音乐之堂噢。三是用歌声可以唤醒人内在的柔软的心灵，促使人走向觉悟。

更令我欢喜的是，担任指挥的王正平先生和演唱《三宝颂》《目连救母》的吕丽莉小姐都是我的旧友。几年不见，他们的音乐造诣都已经有了极高的境界，而且都皈依了三宝，是虔诚的佛教徒。

这一次的曲目里有《炉香赞》《三宝颂》，都是由王正平编曲的，繁复优美的《天龙引》也由他作曲，可见他在佛教音乐中已经浸淫甚久，并且也带着我们看见梵呗音乐的新美景。

吕丽莉用高而广的歌声唱着："南无佛陀耶，南无达摩耶，南无僧伽耶，南无佛法僧，您是我们的救主，您是我们的真理，您是我们的导师，您是我们的光明。我皈依您，我信仰您，我尊敬您。南无佛陀耶，南无达摩耶，南无僧伽耶。"时，真情流露，动人心魄。特别是她唱起《目连救母》："昔日有个目连僧，救母亲临地狱门，借问灵山有多少路，有多少路？阿弥陀佛！有十万八千有余零，阿弥陀佛，阿弥陀佛！"如泣如诉，余音绕梁，使人的心提到一个非常细微而温柔的境地。

"仁爱国小"合唱团唱的《心经》，童心洋溢，使深奥的心经一时如路边的繁花盛放。

佛光山丛林学院这一次精英尽出，以雄浑的男女声合唱，使我们好像亲临了马鸣菩萨的王城广场，也像聆听了妙音佛母的琵琶之声，使在场满座的观众内在的灯火都得到点燃。

《梵音海潮音》的演出，更确定了我一向的信念，就是"禅心不异诗心"，艺术的心灵与走向菩提的心灵是同一个心灵，一个人如果借由艺术的提升而走向心灵的超越之路，也就更接近了佛教的道路。这是为什么中国许多伟大的诗人和艺术家都借由佛道的体验而提升创作境界的理由，是许多伟大的禅师都以诗歌敦化世人的理由，是佛教经典本身都是很好的文学作品的理由，是敦煌艺术历千年不朽的理由，是所有梵呗都是动听的乐章的理由呀！

艺术的心灵是走向生命之美，佛法是使那美融入了真理与慈善，化为圣道，走向生命的大美！

在这样混乱的世代里，一般人无法契入禅佛主教，是因为心灵里缺乏美的质地。如果能唤醒那种美的质地，就易于体会佛道的真实、灵慧与优美，而这种唤醒与契入，艺术实在是很好的桥梁。

我走过"中正纪念堂"草木扶疏的曲折步道，还为刚刚在音乐厅里的《梵音海潮音》而感动，但是心里不免觉得可惜——假若能在全省巡回演唱，不知道有多好！

老兵之凋零

老兵不死，

只是慢慢地凋零，

但愿我们的时代，

我们某些优秀的传统，

不要随之凋零！

出外度假，不到一个月的时间，发现大厦管理员换了三位，心里老是有个疑问：从前那三位亲切热情的长辈呢？每天进出大门的时候我总会想起来。

询问大楼管理处，才知道其中有一位过世了，一位生了病，一位回大陆老家定居了。听到这个消息，心情颇感沉重，因为这些管理员都是老兵退役的单身汉，平时住在大楼顶搭成的宿舍中，和住户像一家人一样。他们虽然年纪大了，做事却非常求好尽职，就如同他们还在军队里一样。每次我看见他们，也仿佛是从前服役时见到士官长，心里充满了真实的敬意。

他们当然不一定是士宫长，其中有一位曾担任过宪兵少校，非常有威仪，行立坐卧都是笔挺的，即使是一般的访客也会对他肃然起敬。

但是，当我想到这些老兵，一个一个在时代中凋零，心里有很深的茫然之感，想到再过十几二十年后，老兵陆续老去，或者返乡定居，台湾的大厦、办公室、学校、工厂，可能再也找不到这么尽责的管理员，整个社会将为之改变，也不可能有如此廉价而任劳任怨的大门守卫了。

事实上，没有老兵守卫，大厦还是会有管理员。令人忧心忡忡的，是一种时代精神的消逝吧！回想在我们成长的年代，从少年、青年，到中年，有很多老兵在我们的生命经验中扮演过重要的角色。

在台湾的老兵，大多数都还维持着我们中国的传统观念，为人忠谨、朴素、热诚、节俭。从他们的身上，正好反衬出这个时代的混乱、浮华、冷漠、败德。他们的凋零，会不会是传统道德的全面凋零呢？

我在成长的过程里，曾遇见过几位极可敬的老兵，一位是我父亲的老友，叫老谢，他非常乐于助人，几乎有求必应，时常步行数十公里去帮助别人。他整天笑嘻嘻的，好像人生有多开心，活得至情尽兴。那是我读初中的事。

我读高中的时候，遇到一位卞先生，是学校的图书馆管理员，是军官退役的，黝黑矮胖，时常恨不得学生能在图书馆读书。只要有爱读书的学生，他都非常疼惜，为我们选书，还送书到宿舍给我们。他的口头禅是："要多读书，才能救中国！"我养成读书的习惯，就是受了他的影响。

当兵的时候，连上有两位士官长，都是热情风趣的东北人。尤其是一位瞿士官长，十分斯文，熟悉中国北方的掌故，每天黄昏的时候都会在营房门口开讲。吃过晚饭，成群的兵围住他说："士官长，再说点东西来听吧！"他叼着一根烟，缓缓吐出烟，好像整个中国的传说都在他的胸膛里。我每次听完他说的故事，心里都感动得不得了，想到有许多老兵都是这样优秀，如果不是生错了时代，他们一定会有更大的贡献呀！

生在这个时代的台湾人，在生命的记忆中，每个人应该都可以想起一些可敬、可爱、可亲的老兵吧！当然，或者也会遇见几位可憎、可悯、可厌的老兵，不过与前者相比实在是少数，如果有，也应会在时间的河流中得到宽谅。因为，在这个巨变的时代，老兵实在是社会的"边缘人"，他们蹉跎了青春，牺牲了幸福，却没有得到最好的对待。

我想起麦克阿瑟的名言："老兵不死，只是慢慢地凋零。"老兵的凋零，使得时间里某些可贵的事物也随之凋零了。

是不是让我们更珍视、更敬重那些在社会各角落里仅存的老兵呢？那些最安全的出租车司机、最尽责的大楼管理员、最无怨的学校工友，以及每日清晨用静默来维持城市洁净的清道夫……台湾四十年来的繁荣，不应该忘记他们。

也有许多更有成就的老兵，我们也要向他们致敬，他们曾走过泥泞，在艰苦中奋斗，如果时代不辜负他们，他们都必会有更大的功业。

如今老兵逐渐凋零了，但愿我们的时代，我们某些优秀的传统，不要随之凋零！

天下第一针

如果老人生在现代，

不知道会是什么样子，

很可惜，

这样好手艺的人早生了几十年！

家前面的巷子里，一直有一个老人在摆修皮鞋的摊子，摊子非常小，靠在一家医院的楼下。那摊子没有招牌、没有声音，也不起眼，如果不注意就会看不见。

摊主人是一个沉默严肃的人，一向都是面无表情，仿佛老僧入定一样，人来人往，他很少抬头看一下，甚至连眼皮也不抬，有一点睥睨人世的味道。他长得很黑，五官线条一看就知道是北方人。现在台北城内北方的老人并不稀罕，所以也很少有人注意他。

我几乎每天都会路过那个摊子，却很少去感受到他的存在。有一天皮鞋底脱落了，脑子里就立刻浮起老人和摊子的影像，也终于知道他为什么过了这么多年还没有收摊，因为皮鞋破了就感受到他的存在了。

"老伯。"我蹲下来叫他。

"啥？"他眼也不抬地说。

"我这皮鞋破了，请您补一补。"

他把皮鞋接过去，还是不看人。皮鞋在他手里翻来翻去，然后他说："靠不住！靠不住！"

"什么靠不住？"我问。

"现在人做的东西靠不住呀！你看这皮鞋的底就设计成不能修补的样子，破了就丢，要你去买新的嘛！"

"什么不能修补的样子？"皮鞋摊主说皮鞋不能修补，倒是稀奇。

"这是用火烧的，不是用线，也不是用胶的，怎么补？"老人耐心地指给我看皮鞋底部胶合的痕迹，原来是一体成型的。

"拜托，您给试试看好了，这是在法国买的皮鞋，挺贵的，外表还像新的，只是鞋底脱落，以您的手艺当然是难不倒的。"

"当然难不倒我，难得倒还叫'天下第一针'吗？"老人笑了，拿起鞋就要缝了，然后若有所感地说："谈到皮鞋，法国皮鞋也靠不住，日本皮鞋靠不住，台湾皮鞋靠不住，只有美国皮鞋有一点靠得住，意大利皮鞋最靠得住了。"

很久以后我才知道他的口头禅是"靠不住"。

大约五分钟，他把皮鞋修好了，说："十五块。"

我以为听错了，又问一次："多少？"

他把双手伸出来，十指叉开，向外一比，右手往内翻了一下。

"真是太便宜了。"我忍不住说。

"不便宜，算针的，一针五元，缝了三针共十五元。"

果然是"天下第一针"，原来是一针一针算的。

那一次以后，我和老人逐渐相熟了，见面点个头，寒暄两句，慢慢知道老人在这里摆摊已经有十几年的历史了。他的街坊主顾不少，生意无虑，有一些老太太来补皮鞋会亲切地叫他一声："老仔！"好像叫老伴一样。

老人的皮鞋摊子不只补皮鞋，也补皮包、皮沙发，甚至修雨伞。他是那种天生好手艺的人，看来大约七十岁，但双手稳健，修补的皮鞋一针一针，毫不马虎。他的鞋摊子是自己做的，功能设计非常好，精致得像古董一样，还有拖把和轮子，收摊的时候很方便。他自己做了三张折叠的小椅子，很轻便舒适。

老人一直保持他的本色，生活简朴，不被外在环境所动摇。有一次台风天路过，看他还出来摆摊，心里颇有不忍之意，但看他像雕像一样坐着，安静、悠然、不忮不求，又欣慰地想：在我们的时代，没想到还有这样的人呀！

想到老人常说的话——"这个时代靠不住"，我就会想到，如果老人晚生一些，不知道会是什么样子，很可惜，这样好手艺的人早生了几十年呀！

在路过老人的鞋摊时，我总是想，哪一天找个时间坐下来，好好和他聊聊。

几天前，我再路过老人的鞋摊，发现他已经不在了。

他去了哪里呢？回乡探亲？或者是……

我跑到医院里去问，没有人知道他的下落。柜台小姐说："有很多天没有来了。"

我终于没有再见过老人。但每次路过，都会不自觉地想起他那风沙般的脸，以及他的好手艺。

在动荡的时代，人的命运像一阵风，而人的一生如同一粒沙，被吹近了，又被吹远了，即使是"天下第一针"也不例外。

在大时代里，许多人默默地被掩埋，没有人知道他们的来处，也没有人知道他们去向何方，他们甚至没有留下一点声音。

像是，一枚针落入大海，无声，也无踪了。

我时常在走过鞋摊时，深深后悔，如果再有一次机会遇到那些有缘的人，我一定要坐下来，好好地和他们认识。

旅行笔记

"我小时候,

海边不是这样子的。"朋友说。

"我小时候所看到的海边,

就是这个样子。"孩子说。

中正湖迷思

去许久未去的美浓中正湖,沿路上想起了三十年前中正湖美丽的风景。

小时候,学校组织远足最常去的地方就是中正湖了。当时的中正湖，风景优美，一路上都是田园与花草。我们抵达中正湖后就坐在湖畔野餐，看到湖上有紫色、蓝色的莲花和布袋莲，感觉到一个人偶尔能到风景这么美的地方，真是人生的幸福呀！

长大以后在外地读书，每次回乡也会到中正湖畔，特别是有外地的朋友来访，我会带他们去中正湖。当时美浓的油纸伞刚刚受到民俗艺术界的重视，我们曾到湖畔的砖房里看民俗艺师林享麟制造油纸伞，然后在夕阳西下时回家。在黄昏中，美浓的美，真是浓得化不开，就好像一个人突然走入画里。

到中正湖的时候，才想到这次如果不来美浓就好了。沿路全是正在改变中的乡景，垃圾在中正湖的四周漂流，一百公尺之外就可以闻到臭味，一阵一阵的臭味自湖上飘来，使人根本不敢坐在湖畔。

原来在中正湖边的一些"活鱼三吃"的店已经全部关门了，想来是湖中鱼虾早就死灭了。

在湖的入口处开了一家庸俗的艺品店，卖的普通民艺品贵得像要吃人，油纸伞的制作当然不如从前了。

我在湖边想，素以肯做、朴实著名的美浓人，为什么不肯把中正湖弄干净呢？捞起垃圾、饲养鱼虾只是小小的工程，为什么没有人做呢？又想，污染与垃圾问题之严重，已经不只是城市的问题，连美丽的乡村都饱受摧残了。再想，污染的环境来自污染的人心，不禁浩叹！

美浓素以文化著称，冠于高雄县各乡镇，像钟理和纪念馆、田园艺廊、美浓窑都是闻名全台的，现在又在筹划"客家文化中心"。但是，拥有文化美名的美浓，有全台第一份小区报纸的美浓，产生许多博士与政治人物的美浓，竟使中正湖变成如今的样子，这实在是说不过去的。

美浓人何不先来清理中正湖呢？种点莲花、布袋莲、水芙蓉，使它恢复旧观，然后禁止垃圾的倾倒，才不枉文化小镇的美名。

枫港海滨

屏东的朋友告诉我，在屏东到恒春的中途，有一个叫"枫港"的地方，海岸非常美，有许多海中生物，像海星、海胆、虾、寄居蟹、热带鱼，简直俯拾皆是。"海完全没有被污染，这在台湾是很少见的。"朋友说，并邀我前往。

我们到枫港海边去，据说那是人迹罕至的地方，光是去海边的路就不得了，一路全是垃圾，像行道树一样围在两旁。

朋友说："怎么会这样子？我几个月前来过，一点垃圾都没有呀！"

我开玩笑地说："说不定是从台北县新庄市运来这里倒的！"

新庄的垃圾运到各处去倒，已经成为夏天最大的笑话，朋友差一点笑倒在地上。

果然，在看到垃圾那一刻，我就知道海底生物要遭殃了。果然，海边的生物已经大幅减少了，别说热带鱼，任何一带鱼都看不见了。

我们一个下午只看见一个海胆，还有一些躲在岩缝里的海星，三只虾，距离"俯拾皆是"实在差得太远了。我们看到更多的，是海中的铝罐、垃圾袋、发臭的衣服和床垫，更要命的应该是电池——分散在海岸的电池大概与螃蟹一样多。这些有毒的电池弃置在海岸上，当然会使海生物死灭了。

黄昏时，突然布满乌云，下起雨来，我们匆匆离开海边，在黑暗中往潮州疾驰。

屏东的朋友重复地说着一句话："我小时候，海边不是这样子的，甚至三个月前也还不是这样。"

这时，坐在车里的我那十岁的儿子突然说："我小时候所看到的海边，就是这个样子！"

　　我有着很深的惭愧之感。我们把海边搞成这个样子，交给下一代，可下一代的孩子有什么义务要接受这样的海边呢？

　　正在想的时候，雨下得更大了。

只手之声

只有人会腐败，

社会并不会腐败，

所以要挽救社会，

首要挽救人的品质。

全社会的品质，

由我的手、我的眼、我的心开始！

日本禅宗史上有一位盘珪永琢禅师，他是临济宗的传承人，曾留下几则有关人情义理的公案，我非常喜欢，特别是在人心纷乱、义理不明的时代读起来，更是有如醍醐灌顶。

更大的宽容

盘珪禅师的法席很盛，每当他主持禅七的时候，各地的禅修者都不远千里来参加。他来者不拒，因此其中就免不了有一些杂乱的分子。

有一次在禅修会上，一名弟子行窃，当场被捉到了。其他人立刻去向盘珪报告，并请求禅师把这名弟子逐出去，因为大家都觉得犯偷窃罪的人没有资格修行的。

但是，盘珪不予理会，只叫大家继续用功。

过了不久，那位弟子偷盗的病复发了，不幸又被当场捉到，大家又请求盘珪，只有将犯人逐出，才能安心修道。但是，盘珪还是没有行动，只叫大家继续用功。

这使得其他弟子大为不服，认为师父是非不明，因此联署签名上了一纸"陈情书"，强调如果不将犯偷窃罪的弟子逐出山门，他们就要集体下山，不再跟盘珪学习。

盘珪读了"陈情书"，把所有人都召集起来，对大家说："你们都是明辨是非的师兄，已经知道什么是对的、什么是错的，只要你们喜欢，到任何地方都可以修行。但是，这位偷盗的师弟甚至连是非都不能分辨，如果我不教他，谁来教他？我要把他留在这里，即使你们全部离开。"

盘珪说完后，那位犯偷盗的弟子立刻流下眼泪，得到了彻底的净化，偷窃的冲动从此消失。那些本来要离开的弟子也深受感动，又一次领会了慈悲与宽容的要旨。

——我想，特别是在急躁的人群里，只有拥有更大的慈悲、更多的宽容，才能有所改变。如果人人都充满了对立、抗争、瞋视，那么，不仅不会使环境改善，反而会增加社会的恶质化。

对人的敬服

由于盘珪广大的心量，来受教的人更多了，不仅学禅的人来参学，社会各阶层，甚至各宗派的信徒都来受救。

他的信徒愈来愈多，结果激怒了许多有瞋恨心的法师，特别是一位日莲宗的法师，因为他的弟子都跑到盘珪座下习禅去了。这位法师很不服气，决定到盘珪说法的地方，公开辩论，一决雌雄，甚至要给盘珪难堪。

当盘珪讲经的时候，那位法师突然从人群中站起来："喂，等一下！你说了那么多，一般人可能会敬服你。但是，像我这么有智慧的人就不服你，你能使我敬服你吗？"

"到我这边来，让我做给你看。"盘珪平静地说。

日莲宗的法师昂然地推开人群，走到盘珪的座前。

"到我左边来。"盘珪微笑着说。

法师走到他的左边。

"嗯，不对，"盘珪说，"你到右边来，这样也许好谈些，请到这边来。"

法师傲然地从左边走到右边。

"你瞧，"盘珪说，"你已经敬服我了，我想你是一位非常谦和的人，现在，坐下来听道吧！"

——我想，在民主社会，最难的大概就是"敬服"和"谦和"吧！许多人对上不懂得敬服父母、长辈、上司，对下也不知道以谦和地对待子女、晚辈、部属，这两者做不到，对平辈当然也就不会敬服和谦和了。其实，对别人敬服，并不会降低自己的价值；对别人谦和，也不会失去自己的权威呀！

当一个社会懂得互相敬服和谦和时，表示这个社会比较文明，其民主也较扎实，因为文明或者民主，是从尊重他人开始的。

真正的本性

有一位禅僧来求教盘珪禅师："弟子生来脾气暴躁，难以遏制，究竟该如何对治？"

"这倒是非常奇怪。"盘珪说，"让我看看那是什么？"

"我现在没办法拿出来给你看。"禅僧回答说。

"什么时候可以给我看？"盘珪说。

"它来时不可预料。"禅僧答道。

"那么，可见它不是你的真正本性，否则的话，你应该随时可以指出来给我看。你并非生来就有它，你的父母也没有把它传给你，好好地想想！"

——一个人会败坏，或一个城市会混乱，通常都不是"生来如此"，而是经过长期的习气的熏染。我们可以想想，二十年前，台湾是多么有人情味的地方，治安之平靖在全世界都很有名。而三十年前，台北的空气还很清净，交通也很有序呀！

几乎只是一转眼之间，我们都感觉到好像台北"生来"就是道路脏乱、空气污黑、人性暴虐的，而台湾人"生来"

几乎就是暴发的、贪婪的、没有公德心的。

其实，这些都不是天生的。

全社会的爱

我们今天在忧心台湾社会的时候，很少思考到社会是一个整体，许多事不会单独发生，也不会突然发生或偶然发生，就像一个番薯的腐败，是整个番薯的事情。

我曾听过一个研究食品营养的专家说过，一个番薯如果腐烂，一般人通常把烂的部分切掉，好的部分煮来吃。这是一个错误的方法，因为番薯如果部分腐烂，完好的部分会产生抵抗腐烂处霉菌的抗体，反而是毒素最多的地方。专家说："把好的部分丢掉，把腐烂的地方煮来吃，反而还安全一些。"

一个社会的组成者是人，只有人会腐败，社会并不会腐败，所以今天要挽救社会，首要是挽救人的品质，只有人懂得宽容、敬重、谦和，社会才能得到改变啊！

禅宗有一个公案叫作"只手之声"，就是禅师举示说："我们都可以听到两手拍掌的声音，这不稀奇，让我们来听听只手之声吧！"

一只手怎么会有声音呢?

大部分参学的人因此走入了迷途。

这个公案的原始精神是"通身是手眼",也即是"千手千眼",不只是一只手会有声音,一只眼也是有声音的。因为手不是独自存在,眼也不可能单独使用,它们是整个心智与人格的展现。

因此,全社会注重情感与伦理的线索,就是要从"我"开始来重视情感与伦理。

全社会的爱,由我开始。

全社会的品质,由我的手、我的眼、我的心开始!这就是全社会的"只手之声",你听见了吗?